「くっ……。あ、あまり見ないでくれ……」
I got a cheat ability in a different world, and became extraordinary even in the real world.
異世界でチート能力《スキル》を手にした俺は、現実世界をも無双する
～華麗なる乙女たちの冒険は世界を変えた～
4
GIRLS
ガールズサイド
SIDE
Character
グロリア
レクシアの仲間となった"白猫"の獣人の少女・ティトを育てた、規格外な戦闘能力を誇る『爪聖』。世界中の地質や鉱物にも精通している

「あれって……遺跡じゃない!? ふふふ、やっぱりね。
私がティトにおんぶしてもらうことも、全部計算だったのよっ!」

Character

レクシア・フォン・アルセリア

やりたい放題な冒険を満喫している、アルセリア王国の第一王女。伝説が語り継がれる神秘の孤島で、仲間と共に密林探検に挑むが……

レクシア探検隊
「い、遺跡です！
本当にありました……！」
Character
ティト
『爪聖』の弟子として修行中の少女。レクシアの冒険に同行しており、その超人的な身体能力で、破天荒なレクシアの旅路を支えてきた

Contents

I got a cheat ability in a different world, and became extraordinary even in the real world. GIRLS SIDE 4

「もし良ければ、旅のお話を聞かせてくれないかしら？
実は私、この島から出たことがなくて……」

Character
ジゼル

神秘に満ちた南の島・ハルワ島で暮らす少女。自然の力を操る《精霊術》の使い手。島に伝わる"とある伝説"に関係しているようで……

「自然を自在に操るとは……
魔法とも違う、不思議な力だな」

Character
ルナ

レクシアの護衛として世界を巡る旅に連れ出された、元・凄腕暗殺者の少女。自由奔放なレクシアの扱いにも、だいぶ慣れてきた様子

異世界でチート能力《スキル》を手にした俺は、現実世界をも無双する
ガールズサイド4

～華麗なる乙女たちの冒険は世界を変えた～

琴平 稜
原案・監修：美紅

ファンタジア文庫

3374

口絵・本文イラスト　桑島黎音

異世界でチート能力《スキル》を手にした俺は、現実世界をも無双する ガールズサイド 4
～華麗なる乙女たちの冒険は世界を変えた～
I got a cheat ability in a different world,
and became extraordinary even in the real world GIRLS SIDE 4

プロローグ

「うーん、どこかに困ってる人はいないかしら？」

青い空の下、レクシアは金髪をなびかせながら、遥《はる》かに続く街道を見渡した。

数日前、リアンシ皇国の皇女シャオリンと共に恐るべき【七大罪】を撃破してリアンシ皇国を救ったレクシアたちは、街道に沿って大陸を南下していた。

きょろきょろと辺りを見回すレクシアに、銀髪の少女——ルナが呆《あき》れたように口を開く。

「人助けなら、ここに至るまでに散々してきただろう。足の悪いご婦人の荷物を持ったり、溝に嵌《は》まった荷馬車を救出したり、魔物にさらわれた子どもを助けて母親の元に送り届けたり……」

涼しげな青い瞳に、絹のようにきらめく銀糸の髪。華奢《きゃしゃ》ながら美しく引き締まった肢体は、研ぎ澄まされたナイフを連想させる。

ルナは可憐《かれん》な見た目とは裏腹に、かつて裏社会で名を馳《は》せた【首狩り】という凄腕《すごうで》暗殺者であった。

愛用の糸は、切れ味鋭い武器であると同時に、使い方次第では馬車さえ持ち上げることもできる万能のアイテムである。しかし扱いが難しく、常人には思い通りに動かすことさえ不可能なのだが、ルナはそんな糸を自在に操り、道中で凶悪な魔物を倒すのみならず多くの人を助けてきたのだった。

そんなルナの言葉に、隣を歩く獣人の少女——ティトも指折り数えながら付け足す。

「あとは、水が涸《か》れた土地に井戸を掘ったり、村人を困らせていた山賊を壊滅させたりもしましたね！」

金色の大きな瞳が人懐《ひとなつ》っこそうにまたたき、桜色の唇から小さな牙が覗《のぞ》く。純白の髪には大きな猫耳が生え、その背後では同じく真っ白なしっぽが揺れていた。

希少な白猫の獣人であるティトは、世界最強の一角を担《にな》う『爪聖《そうせい》』の弟子でもある。元々強さは折り紙付きであったが、レクシアやルナとの旅を経て心身共に成長し、今や旅に欠かせない一員となっていた。

三人が旅の傍《かたわ》らでこなしてきた、人助けの範疇《はんちゅう》を超えた数々の偉業に、しかしレクシアは満足していないようで、ちちち、と指を振る。

「もちろんそういうのも大事だけど、もっと私たちにしかできないことがしたいの。国を救ったり、世界を救ったりね！」

陽光を切り抜いたような見事な金髪に、陶器のごとく白く透き通る肌。指先に至るまで美しく整った容貌は、道行く人が十人中十人振り返るほどに麗《うるわ》しく、絶世の美少女という表現がぴったりと当てはまる。

街道を意気揚々と歩く姿には、溌剌《はつらつ》とした中にも抑えきれない気品が溢《あふ》れていた。

それもそのはず、レクシアはアルセリア王国の第一王女——正真正銘のお姫さまなのである。

そんなレクシアが王城を飛び出し、故国から遠く離れた地で、こうして人助けをしつつ旅をしているのには理由があった。

「私はもっともっと、世界のためになるようなことを成し遂げたいの！　そうじゃなきゃ、ユウヤ様に相応《ふさわ》しい淑女になれないもの！」

レクシアは、この世界の危機を幾度となく救い、数々の武勇を打ち立てた最強無双の少年——『天上優夜《てんじょうゆうや》』を慕っており、彼に少しでも近付きたいがために国を飛び出した、大胆不敵なおてんば王女さまなのであった。

レクシアの大胆な発言に、ティトが目を丸くする。

「も、もっとですか……⁉　もう充分成し遂げていると思いますが……！」

「それに、そうそう国や世界の危機などあってたまるか。今までが異常だったんだ」

ティトとルナの言う通り、レクシアの思いつきから始まったこの旅で、三人は立て続けに三つの国を危機から救っているのであった。

しかしレクシアは首を横に振りつつ腕を組む。

「だめよ、ユウヤ様に相応しい伴侶になるためには、まだまだ足りないわ！　世界のひとつやふたつは救わないとねっ！」

「ユウヤさんって、本当にすごい方なんですね……！」

「まあ、会えば分かるが、何もかもが規格外なんだ。その上、本人には自覚がないからな……存在自体がでたらめだ」

「そ、そんなに……⁉」

レクシアの護衛兼お守り役のルナは、やれやれと肩を竦《すく》める。

「それよりも、レクシア。さすがにそろそろアルセリア王国に帰らないと大変なことになるぞ。公務も滞っているんだろう？」

するとレクシアは「んむむむ……！」と頬を膨らませた。

「どうして公務の話なんてするのよ⁉　そんな退屈な話、聞きたくないわ！」

「退屈って、お前な……。まあ、私などには、王族の執務がどれほど膨大で多忙を極めるかなど想像もつかないが……こうしている今も、お前の執務机にはどんどん書類が積み上がっているのだろうなぁ」

「聞きたくないって言ってるのにー！　なんでそんなイジワル言うのよーっ⁉」

「イジワルではなく忠告だ」

ため息を吐《つ》くルナに続いて、ティトも心配そうに口を挟む。

「で、でも確かに、一度戻ったほうがいいというのは、その通りかもしれません……旅をはじめてから結構経《た》っていますし、レクシアさんのお父さんも護衛の騎士さんも、とても心配されていましたし……」

一行は、先日立ち寄ったリアンシ皇国で、思いがけずレクシアの父――アーノルド国王と護衛のオーウェンとの邂逅《かいこう》を果たしていた。レクシアを溺愛し、あるいは心配する彼らが他人の目もはばからず取り乱す様子は、見ていて哀れになるほどであった。

レクシアは「む～っ！」と口を尖《とが》らせ――ふっと表情を緩めた。

「……そうね、分かったわ」

「ん？　なんだ、今回はやけに聞き分けがいいな。それなら、すぐにアルセリアに向けて

——」


レクシアの気が変わらない内にと、ルナが進路を修正しようとする。

しかしレクシアは翡翠《ひすい》色の瞳を煌《きら》めかせ、高らかに宣言した。


「次の行き先は、南の島よっ！」


「え、えええええええええ!?　い、今、完全に国に帰る流れだったのでは……!?」

「お前は突然何を言い出すんだ!?」

「少し羽を伸ばすくらいいいじゃない、帰ったら山のような公務が待ってるのよ!?　可哀《かわい》想《そう》だと思わない!?」

「いや、完全に自業自得《じごうじとく》だと思うが……」

半眼のルナを華麗にスルーして、レクシアは空に向かって大きく両手を差し伸べる。

「実は、前から南の島に行ってみたかったのよね！　青い海、白い砂浜、眩《まぶ》しい太陽っ！

ユウヤ様とのハネムーンに最適だと思わない!?」

「はあ、全く……ティトも言ってやれ」

しかしティトは、目をきらきらさせて食いついた。

「そうですね、レクシアさんっ！」

「テイト⁉」

「海で遊ぶなら、水着を買わなきゃですね！　あと、浮き輪も必須です！」

「そうそう！　テイト、分かってるじゃない！」

「テイトまでどうしたんだ⁉」

テイトは興奮に頬を上気させながら、大きな猫耳をぴこぴこさせる。

「実は昔、南の島がでてくる絵本を読んだことがあるんです。それ以来、ずっと憧れてて……！　レクシアさんのお話を聞いていたら、とっても行きたくなっちゃいました！」

「そうよね、人生で一度は行ってみたいわよね！　というわけで、次の目的地は南の島に決定よ！」

「待て、これ以上アーノルド国王とオーウェンを心配させたら、どんなことになるか分からないぞ！　やはり一度アルセリア王国に――」

止めようとするルナに向かって、レクシアは小首を傾《かし》げた。

「あら、それならルナは行かなくていいの、南の島？　せっかくユウヤ様とのハネムーンの候補地を下見する機会だっていうのに」

「うっ、そ、それは……！」

「きっと楽しいでしょうね、自然がいっぱいの島でユウヤ様と過ごすの。きれいな海で水を掛けあいっこしたり、砂浜で一緒に木の実のジュースを飲んだり……たくさん予行練習しなくっちゃ！」

「ううっ……！　わ、私だってユウヤと……！」

ルナは頬を染めて逡巡《しゅんじゅん》していたが、やがてため息を落とした。

「……はあ、仕方ない。満足したらちゃんと帰るんだぞ、約束だからな」

「やったわ！　ありがとう、ルナ！」

「ただし、今度こそ正体をバラすなよ。面倒なことになるからな」

「分かったわ！　海岸沿いの街まで行けば、南国諸島行きの船が出てるはずよ！」

「待て。その前に、アルセリア国王に手紙をしたためてから――」

「ユウヤ様とのんびり過ごすためには、なるべく観光客がいなくて自然がいっぱいの島がいいわね！　そうと決まったら南の島に向けて、いざ出発よーっ！」

「おい、聞いているのか？　こら、レクシア！　先に手紙を書け！」

「はわわわ、待ってください～！」

こうしてレクシアたちは南の島を目指すべく、港町へと針路を取ったのだった。

第一章　南の島

「着いたわ、ここがハルワ島よ！」

輝く海に向かって、レクシアが両手を広げる。

あの後、一行は海を渡り、南の海に浮かぶ小さな島——ハルワ島に到着していた。

「わあ、これが南の島……とってもきれいです！」

目の前に広がる光景に、ティトが目を輝かせる。

青く晴れ渡った空の下、白い砂浜が続いている。海はエメラルドグリーンに透き通り、陽光をきらきらと反射していた。

他に人の姿はなく、波の音が心地よく耳を洗う。

こぢんまりとしつつも美しい砂浜を見渡して、ルナが満足げに頷《うなず》いた。

「レクシアの正体がバレないようにと、大陸からかなり遠いこの島を選んだが……こんなに美しい島だとはな」

「海もきれいだし静かだし、熱々新婚夫婦のお忍び旅にぴったりって感じね！　あの船主さんに感謝しなくちゃ！」

ハルワ島は太古の自然を残し、『神秘の島』とも呼ばれていた。

自然豊かで非常に魅力に溢れた島なのだが、観光目的で訪れるには遠すぎるため、船も出ていない状況であった。

しかしその噂《うわさ》を小耳に挟んだレクシアが、船の船主に「私たち、『神秘の島』に行きたいの！」とお願いしたところ、「しゃーねーな、とびきり可愛《かわい》い嬢ちゃんたちの頼みだ。特別に乗せてってやるよ！」と快くハルワ島まで送ってくれたのだ。

「さて、まずは宿を探さなければ……」

「きゃーっ、本当に海が青いのね！　波の音が気持ちいいわ、最高ーっ！」

「待てレクシア、服が濡《ぬ》れるぞ！」

ルナが止めるのも聞かず、レクシアは靴を脱いで海へと駆け出した。

水面をすくい、海水を空へと撥《は》ね上げる。

「見て、水が透き通ってるわ！　砂がさらさらしてとっても気持ちいいわよ、ルナとティトもいらっしゃいよ！」

「は、はいっ！」

「まったく、先に水着を買うんじゃなかったのか？　……だがまあ、せっかくの海だしな。

少しだけなら……」

ルナとティトも靴を脱ごうとする。

しかし。

手招きするレクシアの背後で、水面を滑る影があった。


「キュイイイイイッ！」

ザバアアアアッ！


海水を撥ね上げて、海から巨大な影が現れる。


「きゃあっ⁉」

それは首の長い竜のような魔物であった。

平たい身体《からだ》に、四つの大きなひれ。滑らかな皮膚と同じ色をした青い瞳が、まっすぐにレクシアを見つめている。

「なっ、魔物⁉」

「レクシアさん、逃げて……！」

「キュイイイイイ！」

魔物が甲高い鳴き声を上げながら、レクシアへと首を伸ばす。

ルナとティトはすかさず攻撃を放った。

「『螺旋《らせん》』！」

「【烈爪《れっそう》】！」

ルナが糸の束を放ち、ティトが爪を鋭く振り抜く。

ドリル状に回旋する糸と鋭い爪から生み出された真空波が、魔物へと殺到した。

しかし、その攻撃が魔物に届く直前。


「『波よ、盾となれ』！」

ザッパアアアアアアンッ！


少女の声が凛《りん》と響いたかと思うと、波が大きくせり上がって、二人の攻撃を呑《の》み込んだ。

「なっ⁉」

「な、波が生き物みたいに動いて、攻撃を防ぎました……⁉」

「なにこれ、どうなってるの⁉　それに、今の声は……⁉」

声の主を探して辺りを見回したレクシアは、少し離れた岩場に立つ影を発見した。

「！　あの子は……!?」

そこにいたのは、一人の少女だった。

目の前に広がる海のように鮮やかな緑色の髪に、同じ色の大きな瞳。

その細い身体からは、青く輝くオーラのようなものが立ち上っている。

「『波よ、鎮《しず》まれ』！」

少女が波に向かって手をかざすと、壁のように立ちはだかっていた波が、呼応するように鎮まった。

「ねえ、あれってもしかして……！」

「波を操っている……のか……!?」

「キュイ、キュイッ！」

レクシアたちが唖然《あぜん》と見守る中、魔物が嬉《うれ》しそうに鳴きながら少女の元へと泳いでいく。

甘えるように長い首を擦《なす》りつける魔物を、少女は優しく撫《な》でた。

「浜に来てはだめだと言ったでしょう？　あとで遊んであげるから、沖合で待っていてね」

「キュイィ〜！」

魔物はまるで返事のように声を上げると、少女に言われた通り、つやつやしたひれを振って沖合へと泳ぎ出した。

「す、すごい、まるで魔物と会話しているみたいです……！」

「彼女は一体……――」

少女は岩場から身軽に下りると、唖然としているレクシアたちの元に駆け寄った。

「驚かせてごめんなさい。あの子は少しいたずら好きだけれど、悪い子ではないの」

小麦色に焼けた肌に、艶《つや》やかな長い髪。少し大人びた顔には、おっとりと優しい微笑《ほほえ》みが浮かんでいる。

少女は遠ざかっていく魔物の背びれへ緑の瞳を向けた。

「あの子は【海竜】という魔物なの。人間のことが大好きで、この島の守り神だと言われているわ。あなたたちのことを新しい遊び相手だと思って、少しじゃれてしまったみたい」

「そうだったのね！　遊びたいだけだったなんて、びっくりして悪いことしちゃったわ」

「魔物と意思疎通ができるんですね、すごいです！」

少女はレクシアたちの反応を見て、嬉しそうに目を細めた。

「あなたたちは怖がらないのね。初めての人には、どんなに説明しても、どうしても警戒されてしまうのだけれど……」

「あら、人間に友好的な魔物ならたくさん見てきたわ。サハル・キャメルとか、花鼬鼠《いたち》とかね！」

「えっ、そうなの？　すごいわ……！」

「レクシアさん、すごく懐《なつ》かれてましたもんね」

「ところで、先程波を操っていたように見えたが……」

ルナの問いに、少女が頷く。

「ええ。私は『精霊術《せいれいじゅつ》』という力を持っていて、植物や自然を操ることができるの。こうして――『水よ、彫刻となれ』」

少女が海に向かって呪文を詠唱すると、その身体から青くきらめくオーラが放たれた。

たちまち波が盛り上がり、馬の彫刻を形作る。

「ええっ⁉」

「波が粘土みたいに……！」

「ふふ。『水よ、弾《はじ》けて輝石となれ』」

少女が手を叩《たた》くと、水の彫刻がぱしゃりと弾けた。

その破片がきらきらと宝石のように輝く。

「わあ、すごい……！　とってもきれいです！」

「自然を操れる力なんて、初めて聞いたわ！　この島の人たちはみんなその精霊術？　を使えるの？」

「いいえ。これは数百年に一度、島で一人だけが宿す力なの。今の代では、この力を使えるのは私だけよ」

「数百年に一度⁉　すごいわ、とっても特別な力なのね！」

「世界には、まだまだ私たちの知らない力があるんだな」

少女は嬉しそうに笑って、長い髪を耳に掛けた。

「自己紹介が遅くなってごめんなさい。私はジゼルというの」

「ジゼル、素敵な名前ね！　私はレクシアよ！」

「私はルナだ」

「私はティトっていいます！」

「レクシアさんに、ルナさんに、ティトさん。よろしくね」

「こちらこそ！　ねえ、その精霊術ってすごく綺麗《きれい》ね！　良かったら、もっと見せてくれない？」

目を輝かせるレクシアに、ジゼルはふわりと小首を傾《かし》げた。

「もちろん！　でも、やっぱり不思議だわ。島の外の人たちは、この力を見ると不気味がるのに……」

「あら、ちょっとやそっとじゃ驚かないわ。だって私たち、三人で旅をして、色んな国で色んな人に出会ってきたもの！」

「ええっ、あなたたちだけで旅を⁉」

「そうよ、砂漠の国や北方の帝国、東の大国まで行ったのよ！」

「すごいわ……！　でも、女の子だけで危なくないの？」

「ええ！　なんたって、私のルナとティトは最強の――」

レクシアが胸を反らせる前に、ルナがすかさず口を挟む。

「レクシア、ひとまず海から出たらどうだ？」

「あっ、そうね！」

浜辺に戻ろうとしたレクシアだったが、砂に足を取られて盛大につまずいた。

「きゃっ⁉」

ばしゃあああんっ！

「れ、レクシアさーん！」

「た、大変！　大丈夫っ？」

水面にダイブしたレクシアを、ジゼルが慌てて助け起こす。

「けほっ、けほ……ええ、ありがとう！　でも、服が濡《ぬ》れちゃったわ」

「早く着替えないと風邪を引くな」

「急いで宿を探しましょう……！」

「そんなに心配しなくても大丈夫よ、温かいし——は、はくひゅんっ！」

「濡れたままだと身体に良くないわ……そうだ、ちょっと待っていてね」

ジゼルは少し離れた草地から、乾いた枝をいくつか拾ってきた。

火打ち石で枝に火を付けると、くすぶる小さな種火に向かって手をかざす。

「『炎よ、燃え上がれ』」

青く透き通る光が種火を包んだかと思うと、鮮やかな炎となった。

「わあ、あっという間に火が大きくなりました……！」

「ジゼル、こんなこともできるの⁉」

ジゼルはさらに詠唱を重ねる。

「『風よ、熱を纏《まと》いて衣となれ』」

風が炎の熱を乗せて、レクシアを優しく包み込む。

すると濡れていた服がたちまち乾いた。

「えええええっ⁉　服が一瞬で乾いちゃったわ⁉」

「これも精霊術ですか……⁉」

「ええ、そうよ」

「本当に自然を自在に操るとは……魔法とも違う、不思議な力だな」

感心しきりのレクシアたちに、ジゼルははにかんだ。

少し逡巡《しゅんじゅん》して、遠慮がちに切り出す。

「あの、もしレクシアさんたちさえ良かったら、この島を案内させてほしいのだけれど……」

「えっ、いいの⁉　ぜひお願いするわ！」

「しかし、迷惑ではないか？」

するとジゼルはぱっと顔を輝かせた。

「ううん、全然！　島の外の人に会えたのはとても久しぶりだし、この島のことを好きになってもらえたら嬉しいわ！　それにもし良ければ、旅のお話を聞かせてくれないかしら？　実は私、この島から出たことがなくて……」

「あら、そうなの？」

「ええ。精霊術を持つ人間は、島の外に出てはいけないという習わしになっているの」

ジゼルの言葉に、ティトが目を丸くする。

「ええっ⁉　そうなんですか……⁉」

「そんな習わし、気にすることないわよ！　私がどこにだって連れ出してあげるわ！　一緒に世界を巡りましょうよ！」

「レクシア、無理を言うな」

ルナが呆《あき》れたように口を挟むが、ジゼルは目を細めて笑った。

「ふふっ、いつかそうできたら、とっても素敵ね」

「そうでしょっ？」

レクシアは自信満々に胸を叩いた。

「よーし、ジゼルが島の外に出ても驚かないように、旅のお話をたくさんしてあげるわ！

私たちの旅は予想外の事件が盛りだくさんだから、楽しいこと請け合いよ！」

「まあ否定はしないが……逆に驚かせてしまうのではないだろうか……？」

「そ、それにいろいろありすぎて、語り尽くせない気がします……！」

「大丈夫よ、時間はたっぷりあるんだから！」

「それもそうだな――いや待て、どれだけ滞在するつもりなんだ⁉」

「もちろん、私が飽きるまでよ！」

「一生帰れないだろう！」

軽妙なやりとりに、ジゼルが声を立てて笑った。

「どんなお話が聞けるのか、とっても楽しみだわ！　でもその前に、せっかく来てくれたのだし、ハルワ島をめいっぱい楽しんでほしいわ。何かしたいことはある？」

レクシアは早速目を輝かせて身を乗り出した。

「まずは水着を買いたいわ！　せっかくの南の島ですもの、思いっきり海で遊びたいの！」

「なら、街に案内するわね。こっちよ！」

こうしてレクシアたちは、不思議な力を宿す少女ジゼルと共に、南の島を遊び尽くすことになったのだった。

＊＊＊

時を同じくして、ハルワ島から遠く離れた砂漠では——

「グロリアー！　おなかへったー！」

「おやつにしよー！」

煉瓦《れんが》造りの家に子どもたちの声が響き、本に目を落としていた女性が顔を上げる。

長い紺碧《こんぺき》の髪に、何もかもを見透かすような濃紫の瞳。美しく鍛え上げられた肉体を軽装に包み、しなやかな黒い尾が揺れている。そして、黒く艶《つや》めく鋼の義手。

彼女こそが、ティトの師匠——『爪聖《そうせい》』グロリアだった。

「グロリア、何を読んでるのっ？」

グロリアの周りに小さな子どもたちが集まる。

グロリアは【赤月の沙漠】の隠れ家で身寄りのない子どもたちを保護し、面倒を見ているのだった。

「これかい？　地質と鉱物に関する本だよ」

「ちしつ？」

「なんだかむずかしそうー！　それより早くおやつを食べようっ！」

「ふふ、そうだね」

果物を干した菓子を食べながら、子どもたちがはしゃいだ声を上げる。

「おいしいー！　このお菓子、ティトおねえちゃんが好きだったよね！」

「うん！　ティトおねえちゃん、元気かなぁ？」

「とおい国のおひめさまたちと旅をしているんだよねっ！　今ごろ、どこにいるんだろう？　けがとかしてないかなぁ？」

心配そうな子どもたちに、グロリアは目を細めた。

「心配いらないよ。なんたって、私の弟子だからね。きっと元気でやってるさ」

グロリアはそう言って、遠い空の下にいるであろう弟子に想《おも》いを馳《は》せるのであった。

＊＊＊

「わあ、可愛《かわい》い街ですね！」

色鮮やかな街並みを見て、ティトが歓声を上げる。

レクシアたちはジゼルに連れられて、小さな街の入り口に立っていた。

通りの左右に店が並んでおり、開放的でカラフルな店先に、日用品に混じって水着やサンダル、浮き輪などが売られている。

「ほとんどが島民向けの商品のようだが……水着を扱っている店もあるな」

「色使いが鮮やかで、南国っていう感じがするわ！」

ジゼルに気付いた店の人々が、笑顔で話しかける。

「おやジゼル！　そちらは旅人さんかい？」

「ええ。さっき砂浜で知り合ったの」

「へえ、島の外から人が来るとは珍しいねぇ！」

「旅人さん、どうぞジゼルと仲良くしてやっておくれ」

小さな島のためか、皆顔見知りらしい。

どの人も優しく、ジゼルに慈《いつく》しむようなまなざしを向けていた。

そんな街の人々に見守られながら、水着を選ぶ。

「あっ、この水着可愛いわ！　ティトに似合いそうじゃない⁉」

「ふぁっ⁉　で、でも、なんだか布の面積が小さいような……⁉」

「大丈夫よ、ティトなら完璧に着こなせるわ！　ルナはこっちの水着が良さそうね！　色は、んー、水色……やっぱり青がいいかしらっ？」

「……私も着るのか？」

「もちろんよ！　ほら、早く試着してみて！」

「あわわわ」

「レクシア、こら、分かったから押すな」

ルナとティトはレクシアの勢いに押されて試着室に入った。

しばらくして出てくる。

「着てみたが……防御力が低くて心許《こころもと》ないな」

「お、おなかがすーすーします……！」

「まあ。二人とも、とっても可愛いわ！」

「でしょっ？　絶対似合うと思ったのよ！」

二人の水着姿を見てジゼルが目を輝かせ、レクシアが嬉《うれ》しそうに飛び跳ねる。

レクシアが選んだ水着は二人の雰囲気にぴったりで、それぞれの魅力をいっそう引き立てていた。

「よーし、私も可愛い水着を選ぶわよ～！」

レクシアは楽しげに自分の水着を選んでいたが、ふと一着の水着を手に取った。

「あっ、これ、ジゼルに似合いそうよ！」

「えっ！」

レクシアたちをにこにこと見守っていたジゼルが、突然の言葉に驚く。

「私は大丈夫よ。レクシアさんたちだけで選んで、私には必要ないから――」

「いいから着てみて！　ついでに私もこっちの水着を試着してみるわ！」

「でも、そんな――えっ、待って!?　い、一緒に試着室に入るの!?」

レクシアは有無を言わさずジゼルを試着室に連れ込んだ。

「んー、狭いわね」

「あ、あの、やっぱり別々に試着した方が――ひゃ!?」

「あっ、ごめんなさい、手がぶつかっちゃった！　……っていうか、ジゼルの肌、とってもきれいね！」

「そ、そうかしら？　レクシアさんの方が、色も白くて――きゃぁ!?」

「うーん、すべすべでもちもち！　なんて魅惑の感触なの!?　スタイルもいいし！」

「れ、レクシアさん、どこ触って……んぅっ!?」

試着室から聞こえる悩ましい声に、ティトが猫耳をぴこぴこさせる。

「ま、前から思っていましたが、レクシアさんって大胆ですね……！」

「普段から人に着替えさせてもらうことに慣れているせいか、肌を晒《さら》し合うことにまったくためらいがないな」

やがて、水着に着替えたジゼルがおずおずと現れた。

「ど、どうかしら……？」

頰を染めて恥ずかしそうに尋ねる。

可憐《かれん》なエメラルドグリーンの水着によって小麦色の肌が引き立ち、しなやかな曲線と健全な魅力が、どこか神秘的な美しさを演出していた。

「わあ、とっても似合ってます！　きれいで大人っぽい……！」

思わず手を叩《たた》くティトに、レクシアが胸を張る。

「うん、最高に可愛いわ！　やっぱり私の見立ては間違ってなかったわね！」

「なるほど、レクシアの審美眼だけは大したものだな」

「だけって何よ⁉　ところで、私はどう？」

レクシアはくるりと華麗に回ってみせる。

細く均整の取れた四肢に、本人の華やかさをいっそう引き立てるフリル。すらりと伸びた太ももの白さが眩《まぶ》しい。

「わああ、レクシアさんもすっごく可愛いです！」

「不思議だわ、どんな服を着ても気品があるのね」

「悪くないんじゃないか？」

「ふふふ、そうでしょっ？　──って、あら？」

レクシアはふと、ティトの胸元に目を懲らした。

「よく見たら……ティト、もしかしてまた大きくなったんじゃないっ⁉」

「ひょわあああああ⁉」

胸をつつかれて、ティトが跳び上がる。

「もうっ、こんなにふよふよでぷにぷにで魅力的なんて、許せないわっ！　えいえいっ！」

「れ、レクシアさん、恥ずかしいです……っ！　ひゃあ⁉」

賑《にぎ》やかにじゃれ合う二人を見て、ジゼルが頰を染めながらルナを振り返る。

「あ、あの、とっても可愛くて大変なことになっているけれど、止めなくていいの⁉」

「ああ、いつものことだ」

「そうなの⁉」

「ふぇえええぇ、くすぐったいです〜〜〜〜！」

青く晴れた空に、ティトの悲鳴が響いたのだった。

＊＊＊

その後、めいっぱい買い物を楽しんで浜辺に直行したレクシアたちは、美しい海を前に立っていた。

「さあ、泳ぐわよーっ！」

浮き輪を装備して準備万端のレクシアは、はしゃいだ声を上げた。

陽光に眩《まばゆ》い金髪を弾ませ、白い素足で砂を撥《は》ね上げながら、軽やかに海へと走って行く。

「わあ、水があったかいし、とっても綺麗《きれい》！　海の底まで見えるわ！　みんな、早くいらっしゃいよー！」

一方、ティトは波打ち際《ぎわ》でおろおろと立ち尽くしていた。

「ふおおおお、足元の砂がどんどん崩れてっ……！　砂漠のオアシスと全然違いますっ、波に吸い込まれそう……あわ、あわわわわ～……！」

「大丈夫よ、ティトさん。私の手につかまって」

「はわぁ、あ、ありがとうございますっ……！」

「ティト、こっちよー！」

ジゼルにしがみつきつつおそるおそる海に入るティトに、すでに胸まで浸《つ》かったレクシアが手を振る。

そこにルナが華麗に泳いできた。

「ふう。こうして泳ぐのは久々だな」

「ルナ、泳ぐのも得意なの⁉」

「まあな。お前は浮き輪に頼っているようだが、泳げないのか？　なんなら教えてやろうか？」

「なによ！　私だって少しは泳げるわよ！」

「ほう？　なら競争してみるか？　まあ私が勝つと思うが」

勝ち誇ったように腕を組むルナに、レクシアは頰を膨らませる。

「んむむむむ～～～！　――あっ、そっか！」

「ん？」

レクシアは自分の胸元に手を当てて、ルナの胸にちらりと視線を送った。

「私、旅立ち前に比べて、ちょっとこの辺りが成長したのよね～？　……ティトほどじゃないけど。ルナはあんまり水の抵抗がなさそうだもの、きっと泳ぐのも早いわよね！」

「……ほう？」

ルナのこめかみが引き攣《つ》る。

「ではどうしたら早く泳げるのか、手本を見せてやろう」

ルナはそう言うと、軽く泳いでみせた。

撥ね上がった水がレクシアを直撃する。

「うぷーっ!?　けほ、けほっ！　ルナ、わざとでしょ！」

食ってかかるレクシアに、ルナは涼しげに肩を竦《すく》めた。

「ん、何がだ？　私はただ泳ぎの手本を見せただけだが？」

「むむ、そっちがそう来るなら……えーいっ！」

「んっ！」

レクシアはルナの顔に向かって水を撥ね上げた。

ぷるぷると頭を振るルナを見て、楽しげに胸を反らせる。

「どう？　これでおあいこね！」

「ふふ、やったな。それなら——はっ！」

ばしゃああああああああああっ！

「ぷああああああああああああ!?」

激しい飛沫《ひまつ》を浴びて、レクシアが悲鳴を上げる。

「ちょっとルナ、やりすぎよ！　しかも糸を使ったでしょ!?」

「水を当てやすくするために、少しな。大丈夫だ、加減はしている」

「そういう問題!?　っていうか、なんで海にまで糸を持ってきてるのよ!?」

「私はお前の護衛だからな、当然だ」

「それをなんで護衛する対象に向かって放つのよー!?」

賑やかに言い合う二人を見ながら、浅瀬でティトにバタ足を教えているジゼルが目を丸くする。

「ルナさん、今、すごい飛沫を上げていなかった……？」

「はぷ、はぷ、ぷええ」

ルナたちの正体を知らないジゼルは驚愕《きょうがく》しているが、ティトはバタ足の練習に夢中でそれどころではない。

しかしレクシアは、そんなティトをけしかける。

「むむむ～、こうなったら……ティト、反撃よ！」

「ふぁ⁉　は、は、はいっ⁉　えーいっ！」

ティトは慌てて立ち上がると、両手で水を撥ね上げた。

どばああああああああああああっ！

「んむっ⁉」

「きゃあああああああ⁉」

予想以上に激しい水柱が立ち、ルナばかりかレクシアまで巻き添えになる。

「はわわわわ、すみませんっ、やりすぎちゃいました……！」

「ふふふ、やるな、ティト」

ルナは濡《ぬ》れた髪をかき上げると、腕に巻いた糸を解いた。

「ちょうど船旅で身体《からだ》もなまっていたところだ。訓練がてら、少し身体を動かすか」

「あわわ、ルナさんを本気にさせてしまいました……！　わ、分かりましたっ！　こうなったら先手必勝です！　【旋風爪《せんぷうそう》】っ！」

ティトが鋭く腕を振り抜き、局所的な竜巻が発生する。

ゴオオオオオオオオオオオオオオオオッ！


「えええええええええ⁉　どうして竜巻が⁉　どういうことなの⁉」

驚くジゼルをよそに、竜巻は海水を吸い上げ、巨大な水柱と化してルナへ迫った。

「た、大変っ！　ルナさん、危ないわ！　逃げて！」

「いや、当然迎え撃つさ！」

「なんで⁉　どうやってなの⁉」

「こうやってだ！　『乱舞』！　『避役』！」

ヒュッ――ズバアアアアアアッ！

ルナは沖合に突き出ていた岩を切断すると、そのまま糸で引き寄せて、竜巻へぶん投げた。


ドバアアアアアアアアアアアアンッ！


巨大な岩と竜巻がぶつかり合い、互いに砕けて相殺《そうさい》される。

「えええええ⁉　こ、これは何⁉　一体何が起きてるの⁉　みんな一体何者なの⁉」

「ふふ、さすがティト、やるな！」

「ルナさんこそ、どんどん強くなってますね！」

「だが、まだまだだ！　『流線』！」

「私も負けていられませんっ！　【天衝爪《てんしょうそう》】っ！」

水を散らしながら、技と技がぶつかり合う。


ドゴオオオオオオオオオオッ！

ズドドドドドドドドドドド！

バッシャアアアアアアアアアンッ！


激しい応酬に巨大な水柱が上がり、魚が上空へ打ち上げられる。

そんな二人を見て、レクシアはやれやれと肩を竦めた。

「また始まっちゃったわね。まったく、あの子たちの悪い癖だわ」

「ほ、発端はレクシアさんだったような気がするけど……止めなくていいの？」

「いつものことだから大丈夫よ！　あっちは放っておいて、さっき買ったボールで遊びましょう！」

レクシアは嬉々《きき》としてボールを取り出す。

しかしそんなレクシアを、ばしゃあああああ！　と凄《すさ》まじい水圧が襲った。

「ぷあああああっ⁉」

「れ、レクシアさ――――ん！　大丈夫⁉」

「うー、けほっ、けほっ……もうっ、何するのよルナっ！」

「それはこちらの台詞《せりふ》だ、何を素知らぬ顔をしている。これはお前が始めた戦いだろう」

「うう、やったわねーっ⁉」

レクシアは両手を振り回して、ばしゃしゃしゃしゃしゃ！　と水を撥ね上げる。

「フッ、そうこなくてはな！『乱舞』！」

「『爪聖《そうせい》』の弟子たるもの、遊ぶ時だって全力です！【奏爪《そうそう》】！」

「技を使うなんて卑怯《ひきょう》よっ！　こうなったら……ジゼル、応戦よ！」

「えっ⁉　わ、分かったわ⁉　ええと、ええとっ……『波よ、押し寄せよ』！」

ジゼルは海面に向かって精霊術を発動させた。

ジゼルを中心に青い波動が広がる。

そして海面が盛り上がったかと思うと、巨大な波と化してレクシアたちに覆《おお》い被《かぶ》さった。

ゴゴゴゴゴゴ……ザバアアアアアアアアアアアアアアッ！


「なっ⁉」

「嘘《うそ》でしょ⁉」

「ひょわああああああああああ⁉」

一行は壁のように立ち塞がった波に、悲鳴を上げながら為《な》す術《すべ》もなく呑《の》み込まれる。

「あっ！　やりすぎちゃったわ⁉」

ジゼルが慌てて波を鎮《しず》め、海水を巨大な手の形にしてレクシアたちを掬《すく》い上げた。

「ぷはっ！」

「あわわわ、目が回ります〜……」

「ごごごごめんなさいっ！　加減を間違えちゃって……大丈夫っ？」

慌てるジゼルに、しかしレクシアは花のように笑った。

「ふふ、ふふふふっ……すっごく面白かったわ！　波にもみくちゃにされたの、初めてよ！」

「ああ、貴重な経験が積めたな」

「はい、あんなに大きな波、初めて見ました！　ジゼルさん、やっぱりすごいです――」

ティトがそう言いかけて、はっと何かに気付いた。

真っ赤になって胸を押さえる。

「はわわわっ⁉　みみみ水着が流されてしまいました～⁉」

「ええっ⁉　大変、探さないと！」

「もう、ティトの胸が大きすぎるからよ」

「そんなこと言ってる場合か、早く探すぞ！」

慌てて総出で周囲を探す。

すると、すぐ傍《そば》で甲高い鳴き声が上がった。

「キュィ～っ！」

「あっ、海竜さんです！」

海竜は滑らかに泳いでくると、口にくわえていた水着をティトに差し出す。

「キュイ！」

「わあ、ありがとうございますっ！」

「水着を見つけてくれたのね！　いい子、いい子」

「キュイ～ッ」

海竜はレクシアに撫《な》でられて、嬉《うれ》しそうに喉を鳴らした。

水着騒動が一段落したところで、ジゼルが改めて頭を下げる。

「本当にごめんなさい、つい反射的に、あんなに大きな波を……」

「えへへ、大丈夫です！　とっても面白かったです！」

「ああ。水遊びも奥が深いな、久々に熱くなってしまった」

「とっても楽しかったわね！」

「それなら良かったわ。……でも、色々とありえないことが起こっていたような……？」

ジゼルが先程見たものを反芻《はんすう》するように首を傾《かし》げる。

その時、ティトがぴくりと猫耳を動かした。

「あれ？　浜辺の方が、なんだか騒がしくないですか？」

「え？」

ティトの視線を追って、浜辺を振り返る。

すると、島民たちが大勢集まっていた。

「なんであんなに人がいるのかしら？」

「何やら騒いでいるな」

「あっ！　さっきの水遊びで、魚が打ち上げられているわ⁉」

ジゼルが驚く通り、レクシアたちの規格外の水遊びによって、大量の魚が浜辺に上がっていたのだ。

風に乗って、島民たちの嬉しそうな声が届いてくる。

「おおっ、この魚は幻の珍味だぞ⁉　なんでこんなに打ち上げられてるんだ⁉」

「ここのところ不漁で困っていたが、これでしばらく食いつなげそうだな！」

「あら⁉　あそこに突き出てた岩、一体どこにいったのかしら⁉」

「あの岩、よく舟がぶつかって危なかったんだよなぁ！　これで漁がしやすくなる、助かったよ！」

島の人たちの歓声を聞いて、レクシアが誇らしげに腕を組む。

「ふふふ。どうやら私の計画通りになったようね！」

「そ、そうだったの⁉　すごいわ、レクシアさん……！」

「いや、ただ遊んでいただけだろう」

「そう、私くらいになると、たとえ遊んでいたとしても、やることなすこと全てがみんなのためになってしまうのよ！」

レクシアは満足げにそう言うと、沖を指した。

「ねえ、今度はもっと沖にいってみましょうよ！」

「賛成です！」

「キュイ、キュイッ！」

気がつくと、数匹の海竜が四人を取り囲んでいた。

どうやら群れで様子を見に来たようだ。

「キュイー！」

「沖に連れて行ってくれると言っているわ」

「えっ、いいの⁉　とっても楽しそう、ぜひお願いするわ！」

四人はそれぞれ海竜の背中に乗った。

「変わった乗り心地だな」

「海竜の肌って、すべすべでぷにぷにしてるのね！　冷たくて気持ちいいわ！」

「キュイ〜！」

海竜は一声鳴くと、沖へと泳ぎ出した。

レクシアたちを乗せ、波を掻《か》き分けてぐんぐん進む。

「わあ、速いです！」

「まるで波の上を滑ってるみたい！　風が気持ちいいわね！」

濡《ぬ》れた髪が潮風に躍り、白い素足が水を切る。

陸から遠く離れた頃、海底から遠吠《とおぼ》えのような音が響いた。

「クオオオオオオ！」

「この音は……？」

その正体を探る暇もなく、巨大な影が水面に浮かび上がり、山が盛り上がるようにして海面へ姿を現す。

「わあああ……！」

「あ、あの魔物は一体……⁉」

「【オーロラ・テイル】よ！」

ジゼルが嬉しそうな声を上げる。

突如として現れた巨大な魔物は、オーロラ色の鯨だった。

「クオオオオオオオオ！」

「お、大きいです……！」

「海にはこんな巨大な魔物がいるのか……圧巻だな」

「優しい目でこっちを見てるわ！　もしかして、この子もジゼルのお友だちなの？」

「ええ。オーロラ・テイルは繊細な魔物で、こうして人の前に姿を見せることはとても珍しいの。レクシアさんたちを歓迎してくれているみたい」

「クオオオオオオオオ！」

ジゼルの説明を肯定するように、オーロラ・テイルが噴水のように海水を噴き上げる。

細かな飛沫《ひまつ》が陽《ひ》の光に照らされて、空に七色のアーチを作った。

「虹だわ！」

「わああ、綺麗《きれい》です！」

「こんなに大きい魔物ともお友だちになれるなんて！　すごいわ、ジゼル！」

他にも様々な生き物たちが、時に海面に躍り上がりながら併走した。

沖に出ると、ジゼルが海竜にくくりつけていた板を取り出す。

「ジゼル、その板はなに？」

「波乗りと言って、この板に立って波の上を滑るのよ。島の子どもに人気の遊びなの」

「ほう、面白そうだな」

「やってみたいです！」

「ただ、とても難しいから、最初は板に寝そべったままでも大丈夫よ、無理はしないでね」

三人が板に乗ると、ジゼルが小さめの波を起こす。

「じゃあ、いくわよ。『海よ、小さき波を起こせ』！」

「きゃあっ⁉」

波に煽《あお》られて、レクシアはたちまちひっくり返った。

「ぷはっ！　なにこれ、すっごく難しいわ⁉」

「レクシアさん、大丈夫？」

板にしがみつくレクシアを、ジゼルが波を操って救出する。

その向こうで、ルナが涼しい顔で華麗に波を乗りこなしていた。

「ん。なるほど、こうして平衡を保つのか」

「す、すごいわルナさん、あっという間にコツを掴《つか》むなんて！　島の人間でもそこまで乗りこなすのは難しいのに……！」

「ふおおおお……！」

一方、ティトはふらふらしつつも、しっぽでバランスを取りながらどうにか波に乗っている。

「ううっ、難しいですっ……でも、だんだん慣れてきました！」

「すごいじゃない、ティト！」

「えへへ、ルナさんみたいにはいきませんが——わわわ、ぷぁっ⁉　はわわわ……！」

体勢を崩して海に落下したティトを、ジゼルが波で身体《からだ》を包み込むようにして、優しく海竜の上に戻してやる。

「はあ、はあ……ふわぁ、難しい……でも、とっても楽しいです！」

「むぅ～、私ももう一回挑戦するわ！　ジゼル、お願い！」

「ええ、いくわよ！」

レクシアもめげずに何度も練習し、板に腹ばいになった状態ならば乗りこなせるようになった。

「やったわ！　私、波に乗れてる！　最高に乗れてるわーっ！」

「とっても上手よ、レクシアさん！」

「キュイ、キュイィ～！」

ジゼルが波を起こし、海竜たちもレクシアたちに併走するようにして泳ぐ。

「んー、気持ちいいっ！　最っ高に楽しいわ！」

「水が透き通っているから、爽快感があるな」

「さっき、お魚の群れがいました！　色とりどりで、とっても綺麗でした！」

南の海に明るい笑い声が弾《はじ》ける。

「ふう、なかなかいい運動になったな」

「少し休憩しましょうか」

「そうね！」

青く澄んだ海、海竜の背に仰向けになってぼんやりと海を漂う。

「はあ、幸せ……こうしてると、慌ただしい日常が嘘《うそ》みたいね」

「世界には、こんなに綺麗な光景があるんだな……裏社会にいては見られなかった景色だ」

「ずっとこうしていたいです～……」

ちゃぷちゃぷと心地良い波音と共に、豊かで穏やかな時間が流れる。

旅立ち以来、国の危機を救い続けて来た三人にとって、ご褒美《ほうび》のような体験であった。

「ずっと南の島に憧れてたけど、こんなに良いところだなんて！　それもこれもジゼルのおかげだわ、ありがとう！」

「ふふふ。楽しんでもらえているみたいで良かったわ」

リラックスしている三人を見て、ジゼルが優しく微笑《ほほえ》む。

そんなジゼルの周囲には、いつの間にか小鳥のような魔物が集まっていた。

「ピィ、ピィ」

「ん……待っててね」

ジゼルが木の実を取り出すと、小鳥たちがジゼルの肩に乗って、木の実を啄《ついば》み始めた。

「ジゼル、その子たちにとっても好かれてるのね！」

「あれ？　その鳥さんたちって、確かとっても警戒心が強い魔物だったような……？」

「ええ。最初は警戒されていたけれど、毎日話しかけて仲良くなったのよ」

「警戒心の強い魔物の心さえ開くとは……ジゼルがいれば、無用な戦いも減りそうだな」

「他の人にはない、特別な力ですね！」

木の実を食べ終えた小鳥たちが、嬉《うれ》しそうにくるくると上空で円を描く。

ティトはそれを楽しげに視線で追い、ふと島に目を移した。

「それにしても、ハルワ島は本当に自然が豊かなんですね！」

沖からは島の全景がよく見えた。

青い海に浮かぶ島には、ほぼ手つかずの森がいくつも茂り、古代から続く自然を色濃く残している。

レクシアは島の中央に聳《そび》える山を指さした。

「あの山もすごく神秘的ね！」

「……あれはアウレア山よ。島の人たちに恐れ敬われている、神秘の山なの」

岩肌が剥《む》き出しになったその山は、橙色《だいだいいろ》に燃え立つような威容を誇り、島の中央にどっしりと鎮座していた。

「赤くて不思議な山ですね。あの山だけ全然植物が生えていません」

「ええ。どんなに種を植えても、なぜか草木が根付かないの。だから【死の山】とも言われているわ」

ルナが首を傾《かし》げる。

「ん？　アウレア山の西側に見える、あの密林は……？　何やら異様な雰囲気が漂っているが……」

ルナの言う通り、アウレア山の麓に黒々とした森が存在していた。

他の森とは違い、遠くから見ても分かるほどどんよりと重たげな雰囲気を漂わせている。

「あそこは凶暴な魔物が跋扈《ばっこ》する危険地帯よ。人間を見ると見境なく襲いかかってくるの。古代の遺跡が眠っているという話も聞いたことがあるけれど、今はもう危険すぎて、誰も足を踏み入れることができなくて……近付かない方がいいわ」

「古代の遺跡⁉　なんだかすっごくわくわくする響きだわ！」

「話を聞いていたか、レクシア。危険だから近付くなよ」

「分かってるわよ、でも密林に遺跡なんてロマンじゃない？」

賑《にぎ》やかなやりとりにジゼルが笑い、島に目を馳《は》せる。

「この島の人たちはあまり裕福ではないけれど、自然を敬い、助け合いながら暮らしてきたの。……ただ近頃は、帝国主義の国々がこの島を狙っているという噂《うわさ》もあるわ。観光用に開発したり、王侯貴族の保養地にしたりと、水面下で色々な話が出ているみたい。今はなんとか退けているけれど、この島には抗《あらが》えるだけの資金力も軍事力もないし、時間の問題かもしれないわ……」

「そんな……もし他国の手が入ったら、きっとこの美しさは失われちゃうわ」

「身勝手な話だな」

「島の人たちのためにも、ハルワ島はこの姿のまま残ってほしいです……」

沈んでしまった空気を変えるように、ジゼルは微笑んだ。

「ごめんなさい、ただの噂話よ。さあ、そろそろ陸《おか》に戻りましょう」

＊＊＊

沖に出た時と同じく、海竜が岸まで送ってくれた。

「はあ、すっごく楽しかったわ！　よーし、次は砂浜で遊ぶわよっ！」

勇んで砂浜に膝をつくレクシアに、ルナが口を挟む。

「待て、そろそろ日が暮れるぞ」

「えっ、もうそんなに経《た》つの？　んー、じゃあ砂浜は明日ね！　それで、明後日《あさって》はまた海で遊ぶわ！」

「すごい、あんなに遊んだのに、まだまだ遊び尽くす気満々です……！」

「本当にどれだけ滞在するつもりなんだ？」

　賑やかなレクシアたちに、ジゼルが首を傾げる。

「ところで、もう泊まる所は決まっているの？」

「あ。そういえばまだだったわ」

「観光向けの島ではないようだが、宿などはあるのだろうか？」

「宿は一応あるのだけれど、とても簡素なもので……それに、泊まる人がほとんどいないから、しばらく掃除をしていないかもしれないわ。用意をするのに、少し時間がかかってしまうかも……」

「泊めてもらえるだけでありがたいわ！」

「お掃除も、自分たちでやればいいですもんね！」

「そうだな、とりあえず交渉に行くか」

　レクシアたちがそう話していると、ジゼルがためらいがちに切り出した。

「あの……もし良かったら、私の家に泊まらない？」

「えっ、いいの？」

　目を丸くするレクシアに、ジゼルはぱっと顔を輝かせた。

「ええ、もちろん！　せっかく仲良くなれたのだし、もっとお話したいと思っていたの。ぜひ泊まってくれると嬉しいわ！」

「嬉しいわ、もっとジゼルと一緒にいられるのね！」

「では、お言葉に甘えるとするか」

「ジゼルさんのおうち、楽しみです！」

ジゼルは三人を連れて、弾むように歩き出した。

「私の家はこっちよ、ついてきて！」

＊＊＊

ジゼルについて行くと、海沿いの小さな集落が見えてきた。

「島の人たちは、それぞれ小さな集落を作って暮らしているの。集落の人たちは、みんな家族のようなものなのよ」

夕飯の支度をしていたらしい人々が、四人に気付いて顔を上げる。

「お帰り、ジゼル。……おや、その子たちは？」

「お友だちよ」

ジゼルに紹介されて、レクシアは元気に挨拶した。

「こんにちは、お邪魔します！」

「レクシアさんにルナさん、ティトさんよ。三人で旅をしているのですって。今日会ったばかりなんだけど、とっても仲良くなっちゃったの」

「なんと……」

島民たちは、はにかむように微笑むジゼルを見て驚きを浮かべた後、レクシアたちを囲んだ。

「ああ、ありがとうございます、旅の御方……！」

「ジゼルに友人が……良かった、良かった……！」

「こんなに明るいジゼルの笑顔を見たのはどれくらいぶりかしら……！」

「ごめんな、ジゼル。ずっと寂しい思いをしてきたんだよな……ああ、良かった……」

長《おさ》らしき老婆が、涙ぐみながら頭を下げる。

「ありがとうよ、旅のお人……ジゼルはこの通り、優しい子なんじゃ。どうか、ジゼルと仲良くしてやっておくれ」

「ええ、もちろんよ！」

他の人たちも代わる代わるやってきて、たくさんのもてなしの品をくれた。

「木の実を干したお菓子だよ、持っていきなさい」

「特産の魚を干したものだ、炙《あぶ》って食べるとうまいぞ」

「こんなにいいの⁉　どれも美味《おい》しそうだわ、ありがとうございます！」

両手いっぱいの食べ物を抱えて礼を言い、集落を後にする。

心のこもった歓待に、レクシアは声を弾ませた。

「海はきれいだし、島の人たちも優しくて、とってもいい島ね！」

「ああ。ただ、少々大袈裟《おおげさ》な気がするが……」

「なんだか、ジゼルさんの笑顔を見て、すごく感動しているみたいでしたね」

ルナとティトが首を傾げた時、ジゼルが海辺を指さした。

「あれが私の家よ」

「わあ、海の上におうちが……！」

ティトが目を輝かせる。

ジゼルの家は、海上に張り出すようにして建っていた。

「さあ、どうぞ」

階段を上って中に入る。

中は潮風が吹き抜ける開放的な造りで、ハンモックや大きなベッドの天蓋が揺れていた。

テラスからは広大な海が一望できる。

「わあああ、すごいです！」

「なんて綺麗《きれい》な景色なの！」

「これは絶景だな」

「テラスの階段から、直接海に下りることもできるのよ」

四人はテラスに座って、海に沈んでいく太陽を眺めた。

傾きかけた太陽が水平線を赤く染め、見事な色彩を織りなしている。

「こんな壮大な夕焼け、初めて見たわ！」

「あっちにはアウレア山も見えます！」

張り出したテラスからはアウレア山を望むことができた。

剝き出しの岩肌が夕陽《ゆうひ》を浴びて、まるで燃えているようだ。

「あら？　アウレア山の上空に、星が出てるわ」

レクシアが暮れなずむ空を指さす。

そこには青く燃える星が二つ輝いていた。

「本当です。あんな青い星、初めて見ました」

「他の星と違い、やけにはっきり見えるな」

「え、ええ、そうね」

ジゼルは頷《うなず》くと、レクシアたちを振り返った。

「それより、旅のお話が聞きたいわ」

「あっ、そうだったわね！　ええと、どこから話そうかしら！」

レクシアたちは、ジゼルにこれまでの旅を語って聞かせた。

これまで訪れた国や景色のこと、出会った人のこと、食べ物のこと。

「――それで、リアンシ皇国っていう東方の大国で、包子をたくさん食べました！　あっ、包子っていうのは、ふかふかの生地にいろいろな具を包んだもので……」

「そうそう！　そういえば、そのリアンシ皇国で皇女様の家庭教師をすることになったんだけどね――むぐぐー！」

口を滑らせそうになったレクシアを、ルナが押しとどめる。

「こほん、ああー。まあ、色々な土地で、色々な人たちと交流を深めてきたんだ。旅ならではの体験もしたしな」

「そうね、いろいろなものを見てきたわ！　砂漠の国の地下遺跡とか、雪に覆われた帝国の魔導具とか、東方の大国の龍力とかね！」

「まあ、そんなにたくさんの地を巡ってきたのね。すごいわ」

ジゼルが目を輝かせる。

「本当に砂漠や雪に覆われた国があるなんて……私はこの島から出たことがないから、本の中でしか知らなくて」

「いつか一緒に行きましょうよ！　ジゼルに、ロメール帝国の雪原やリアンシ皇国の街並みを見せてあげたいわ！」

「！　ええ！」

ジゼルは目を輝かせて頷き——しかし、不意にその顔が曇った。

「……そう……いつか……」

「ジゼル……？」

そんなジゼルの様子に、レクシアが首を傾《かし》げた時。

ゴオオオオオオオオオ……！

島の中央から、地を這《は》うような不気味な音が響いた。

「きゃっ!?」

「なんだ、この音は……!?」

「アウレア山の方角から聞こえてきます……！」

ティトの言う通り、アウレア山が低く唸《うな》りを上げていた。

大気が震え、大地が低く鳴動する。

それは徐々に小さくなり、やがて収まった。

「……収まりましたね」

「なんだったのかしら」

レクシアたちが首を傾げる。

その横で、ジゼルが青ざめながらアウレア山を見つめた。


「……もう、時間がないわ……」


「え？　時間がないって、何が……──」

レクシアがジゼルを振り返った時、玄関の扉からノックの音が響いた。

「ジゼル、いるかい？」

しわがれた声と共に扉が開き、島民たちに支えられながら、集落の長が入ってきた。

長のしわ深い顔には、悲痛な色が浮かんでいる。

「……すまない、ジゼル。お前も聞いただろう……アウレア山が生贄を求めておる。古くからの伝承にも、これほどまでにアウレア山が荒ぶる様子は伝わっておらぬ……もう時間がない……。実は、昼に各集落の長たちとの話し合いが設けられてのう……凶星が七つ揃《そろ》うのを待たず、生贄《いけにえ》を早めた方がいいということになってしもうた……」

長は潤んだ目でジゼルを見つめると、絞り出すように告げた。

「……予定を早めて、明日の夕方に儀式を行おう」

「え？」

「儀式？　生贄って……？」

異様な雰囲気に戸惑うレクシアたち。

しかしジゼルは笑って頷いた。

「ええ。大丈夫よ、もう覚悟はできているから」

「本当にすまぬのう、ジゼル……すまぬ……」

長たちが何度も深々と頭を下げ、涙を拭いながら出て行く。

「ジゼルさん、今のは……儀式って何ですか……？」

「それに、生贄って……？」

ただ事でない空気を感じ取ってうろたえるレクシアたちに、ジゼルは悲しそうに微笑《ほほえ》んだ。

「……アウレア山の噴火を止めるための儀式よ。私はその生贄なの」

「な……!?」

「ごめんなさい。本当は、明かすつもりはなかったの……レクシアさんたちには、この島の楽しい思い出だけ持って帰ってほしかった……」

絶句するレクシアたちに、ジゼルは微笑む。

「アウレア山は数百年に一度、空に凶星が七つ揃った時に噴火するという伝説があるの。そして噴火が起これば、世界が暗雲に覆われて滅んでしまうとも」

「せ、世界が、滅ぶ……!?」

「ええ。それを阻止するために、この島には、アウレア山の噴火が近付くと精霊術を宿す人間が生まれてくる……ハルワ島に住む人々は、精霊術を宿す生贄をアウレア山に捧《ささ》げることで噴火を抑え、世界滅亡を回避してきたのよ」

「そんな……じゃあアウレア山の噴火を抑えるために、ジゼルさんが生贄に……?」

「そうか、その役目を果たすために、精霊術を宿す者は島の外に出ることを禁じられているのか……」

レクシアが憤然と食ってかかる。

「生贄を捧げることで噴火を止めるなんて、この島の人たちは本当にそんなこと信じてるの？　噴火って自然現象でしょ？　そんな方法で収まるわけないじゃない！」

「いや、だがジゼルの自然を操るという特殊な能力――精霊術を見れば、あの力で自然現象を抑えるというのも納得できる……」

「ええ。伝承に従って、生贄の習わしは太古の昔からずっと続いてきたの。そしてまさに今、アウレア山は噴火しようとしている」

ジゼルが夕暮れの空を仰ぐ。

細い指が、アウレア山の上に輝くふたつの星を指さした。

「あれが凶星よ。凶星は一夜にひとつ増えていって、七つ揃った夜にアウレア山が噴火すると言われているの。だから生贄は、凶星が七つ揃った日の夕方に、アウレア山に身を捧げることになっている……でも今回は、少しだけ早いみたい」

「そんな……いくら噴火を止めるためでも、そんなことって……！」

声を上擦らせるレクシアに、ジゼルは首を横に振った。

「いいの。これが私の役目だから。いつかこの日が来るって分かってた……精霊術をこの身に宿して生まれた時から、私の運命は決まっていたの。私の命で世界を守ることができるなんて、とても幸せなことだわ」

ジゼルは柔らかく笑った。

海風がエメラルドグリーンの髪を揺らし、大きな瞳が月光に煌《きら》めく。

「今日ね、すごく、すごく楽しかった！　たくさんお話したり、泳いだり、思いっきり遊んだり……！　私は島の人たちから特別視されていたから、今まで一緒に遊べるお友だちがいなくて……それにお友だちを作っても、いつかは別れなくちゃならないのが悲しくて……。でも本当は、一度でいいからこんな風に、お友だちとはしゃいでみたかったの。レクシアさんたちのおかげで夢が叶《かな》ったわ。これでもう、思い残すことはないわ。最後に夢を叶えてくれて、ありがとう」

しかし、レクシアは勢いよく立ち上がった。

拳を握りしめ、叩《たた》き付けるように叫ぶ。

「そんなのおかしいわ！」

「……レクシアさん……」

驚いて見上げるジゼルに、レクシアは涙を堪えながら声を張った。

「一度でいいからなんて、そんなわけないじゃない！　思い残すことはないなんて、そんなわけないじゃない！　ジゼルの人生には、これから先、もっともっと楽しいことが待ってるんだから……見せてあげたい景色がたくさんあるんだから！　ジゼルを生贄なんかにさせない、これを最後なんかにさせない！　だから、本当の言葉を聞かせてよ！」

「……でも……」

ジゼルは声を詰まらせて俯《うつむ》く。

胸元でぎゅっと握りしめられた手が、その胸に様々な想《おも》いが押し寄せていることを物語っていた。

そんなジゼルを見つめながら、レクシアは静かに言葉を紡《つむ》ぐ。

「……私ね、王女なの」

「え……？」

「私の名前はレクシア――レクシア・フォン・アルセリア。正真正銘、アルセリア王国の第一王女よ」

「レクシアさんが……王女、様……？」

ジゼルが目を見開く。

レクシアは遠く祖国へと続く海を見晴《みは》るかす。

「本当なら、私はたくさんの人たちに守られて、人生のほとんどをお城の中で過ごすはずだった……でも私は、そんな誰かに定められたみたいに生きていくのは嫌だったの。自分で運命を切り開きたくて、この足で世界を知りたくて、大好きな人に相応《ふさわ》しい存在になりたくて——困っている人たちを救いたくて、お城を飛び出したの」

「私たちは、ただの旅人ではないんだ」

ルナも静かに言の葉を継ぐ。

「この島に来るまでに、サハル王国を、ロメール帝国を、リアンシ皇国を救ってきた。人助けにならら、多少の覚えはある」

「これまで、もう無理だって思っちゃうような試練もたくさんありました！　でも、その度に成長して乗り越えて、今ここにいます！　だから、頼ってください！」

ティトも涙を浮かべながら、声を上げた。

「ルナさん、ティトさん……」

声を失うジゼルの手を、レクシアが力強く握る。

「最強で最かわな私たちに任せておけば、心配いらないわ！　生贄なんていう運命から、絶対にジゼルを救ってみせる！　ジゼルが見たいのなら、砂漠にだって雪原にだって連れて行ってあげる——未来を見せてあげる！　だからお願い、本当の声を聞かせてよ！」

「…………」

まっすぐな目をしたレクシアを、ジゼルが見上げる。

エメラルドの瞳に涙が滲《にじ》んだ。

「死にたく、ない……」

震える唇から、掠《かす》れた声が零《こぼ》れる。

小麦色に焼けた頰に、透き通る雫《しずく》がぽたぽたと落ちた。

「生贄になんかなりたくない……私も普通の女の子みたいに生きたい……もっともっと、レクシアさんたちと笑ったり、きれいな景色を見たい……！　まだ、生きていたい……！」

ずっと誰にも言えず、胸の底に封じ込めていたであろう言葉が、涙と共に溢《あふ》れ出す。

それは生贄になる運命を受け入れて生きてきた少女が初めて零す、心からの叫びだった。

「お願い……助けて……――！」

命を振り絞るようなその叫びを、レクシアは眩《まばゆ》い笑顔で受け止めた。

気高く胸を張り、絹のごとき金髪を鮮やかに払う。

「任せて！　一緒に噴火を止めて、世界を救っちゃいましょう！」

「……っ！」

わななくジゼルの背中を撫《な》でながら、ルナが笑う。

「そうと決まれば、さっそく手がかりを探さなければな」

「そうよ、絶対に何か他の方法があるはずだわ！　何が何でも見つけてみせるんだから！」

「私、師匠に手紙を送ってみます！　師匠は鉱物や地質を研究しているので、火山にも詳しいかもしれません！」

ティトの師匠――『爪聖《そうせい》』グロリアのことを思い出しながら、ルナも頷《うなず》く。

「そういえば、グロリア様は出会った時に、特別な鉱物を譲ってくれたんだったな」

「すっごく心強いわ！」

ティトは早速グロリアに手紙をしたためた。

ジゼルが指笛を吹いて、一羽《わ》の小鳥を呼ぶ。

「手紙を届けるのは、この子にお願いしましょう。人捜しが得意で、相手がどこにいても

すぐに見つけてくれるわ」

「よろしくお願いします！」

「ピィイィッ！」

手紙を脚に結びつけると、小鳥は鋭く鳴いて飛び立った。

「こちらもこちらで動こう。あの山に関する文献ならば、この島のどこかにありそうなものだが……」

思案するルナに、ジゼルは力なく首を横に振った。

「長《おさ》たちも、私を生贄《いけにえ》にしない方法はないか、必死に島中を探してくれたのだけれど、それらしい手がかりは見つからなかったわ。ただ――」

「ただ？」

ジゼルはアウレア山の西側に茂る密林に目を馳《は》せる。

「ひょっとすると、あの密林の遺跡に、何か噴火を止める手がかりがあるのかもしれないという話も出たのだけれど、あそこはあまりに危険すぎて……」

それを聞いて、レクシアが目を輝かせた。

「そこよ！　きっとその遺跡に、噴火の秘密を解き明かす重大な鍵が眠っているのよ！」

「お前はまた……思いつきでものをしゃべるな」

「だって、誰も手を付けていない場所なんて、あそこくらいしかないじゃない！」

レクシアが勝ち誇るが、ジゼルは慌てて口を開く。

「ま、待って、あの密林は本当に危ないの！　かつては神秘の森として敬われていたけれど、いつからかとても凶悪な魔物が棲《す》み着いてしまったの。しかもその魔物たちの頂点に『密林の王』と呼ばれる恐ろしい魔物が君臨していて……過去に多くの被害が出ていて、誰も近付くことさえできないのよ」

「大丈夫よ、私たちなら行けるわ！　なんたって、ルナとティトがいるんですもの！」

それを聞いて、ジゼルはルナとティトに目を移す。

「そういえば二人とも、海で何かすごい技を繰り出していたけれど……それに三つの国を救ったって……一体何者なの……？」

ルナは涼しい顔で肩を竦《すく》めた。

「大きな声では言えないが、私は裏社会では少しばかり名の知れた暗殺者でな」

「あ、暗殺者⁉」

「ああ。だが今は、レクシアの子守り……お守り……いや、護衛をしている。魔物との戦闘ならばお手の物だ」

「ルナはとっても凄《すご》いのよ。愛用の糸で、どんな強大な魔物だって切り刻んじゃうんだから！」

胸を張るレクシアの隣で、ティトが拳を握った。

「私も、『爪聖』の弟子としてがんばります！」

「そ、そうせい？　そうせい――って、それってまさかおとぎ話に出てくる、世界最強の『聖《せい》』の一人、『爪聖』のこと……⁉」

「ええ、そうよ！　『聖』はおとぎ話じゃなくて実在しているし、ティトはそのお弟子さんなの！　とっても強いんだから！」

「まだまだ未熟ですが、全力でジゼルさんを守ります！　安心してくださいっ！」

次々に明かされるとんでもない事実に、ジゼルは目眩《めまい》さえ覚えていた。

「す、すごいわ……じゃあ本当に三人だけで、国を三つも救ってきたの……？」

「そうよ！　サハル王国では伝説のキメラを倒して、宰相の国家転覆の野望を阻止したし、ロメール帝国では呪いの吹雪を振りまく恐ろしい氷霊を倒したわ！　リアンシ皇国では、皇女様と一緒に【七大罪】の焰虎《えんこ》をやっつけたの！」

「え、ええええええええ⁉　す、すごすぎるわ……このままじゃ三人とも、生きた伝説になっちゃうんじゃ……⁉」

ジゼルが目を白黒させる一方で、レクシアは晴れ晴れとした顔で胸をなで下ろす。

「ふう、全部言えてすっきりしたわ！」

「そんなに言いたかったのか」

「だって、ずっとジゼルに隠し事をしているみたいで落ち着かなかったんだもの」

「ふふ、レクシアさんらしいですね」

ジゼルは改めてレクシアたちを唖然《あぜん》と見渡した。

「一国の王女様に、凄腕《すごうで》の暗殺者に、『爪聖』のお弟子さん……！　普通の女の子たちではないとは思っていたけれど、まさかそんなすごい人たちだったなんて……！」

震える手をぎゅっと握り、覚悟を決めたように頷く。

「今まで、精霊術を戦うために使ったことはなかったけど……私も少しでも力になれるよう、がんばるわ！　改めて、どうかよろしくお願いします！」

「とっても心強いわ！　こちらこそよろしくねっ！」

レクシアは立ち上がると、遠く夜闇に沈む密林をびしりと指さした。

「よーし、明日は噴火を止める手がかりを探して、いざ密林に眠る遺跡へ突入するわよ！　というわけで——今夜は朝までガールズトークよっ！」

「なんでだ⁉」

「そこはゆっくり休んで明日に備える流れでは⁉」

「あら、だってせっかくのお泊まり会だもの。お泊まり会にはガールズトークがつきものって、相場は決まってるのよ。ねっ、ジゼル！」

「そ、そうなのね！　私、こんな風にお友だちと過ごすのは初めてで……」

「じゃあ、なおさら最高の思い出にしなきゃ！　今夜は楽しく語り合いましょう！」

こうして、四人は賑《にぎ》やかな一夜を過ごすことになったのだった。

＊＊＊

四人は集落の人たちにもらったごはんに舌鼓《したつづみ》を打って、入浴を済ませると、大きなベッドの前に集合した。

「それじゃあ、みんなで一緒に寝るわよ！　そーれ！」

「きゃっ！」

レクシアはジゼルに抱き付いてベッドに飛び込む。

「さあ、ガールズトークの醍醐味《だいごみ》といえば恋バナよねっ！」

「はあ。レクシア、明日に備えるんだろう？　夜更《よふ》かしせずに早く寝るぞ」

「あら、私はユウヤ様の魅力を一晩中でも語れるけど、ルナは参加しなくていいの？」

「くっ……!?　わ、私だって、ユウヤのことならいくらでも語れるぞ……！」

「えへへ、ジゼルさんと一緒に寝られるの、嬉《うれ》しいです！」

「私もよ。ずっと一人で寝ていたから、なんだか不思議な感じがするわ」

四人で寄り添い合うようにして、いろいろなことを語り合う。

レクシアたちのぬくもりを感じながら、ジゼルが目を細めた。

「なんだか嘘《うそ》みたい。小さい頃から、いつか生贄になるのが私の定めなんだって思って生きてきたから……運命に抗《あらが》うなんて、考えもしなかった。でも、レクシアさんたちといると勇気が湧いてくるわ」

「よく言われるわ！　私たちと一緒にいれば、怖いものなんてないんだから！」

「まあ、恐れ知らずという意味ではレクシアの右に出る者はいないな」

「なによルナ、私のこと無鉄砲とでも言いたいの？」

「そうだな」

「そうなの!?」

「大丈夫です、ジゼルさん！　心配なんて全部吹き飛ばすので、安心してください！」

ジゼルはふふっと吐息を漏らすと目を閉じた。

「不思議ね。ここのところ、あまり眠れなかったのに……今夜は、よく眠れそう」

「ええ……おやすみなさい、ジゼル」

開けっ放しの窓から流れ込んでくる潮風は暖かく、揺れる水面にきらきらと月光が反射する。

優しい波の音を子守歌に、四人は一夜を明かしたのだった。

第二章　密林探検隊

そして、翌朝。

「さあ、いざアウレア山の噴火を止める方法を探しに……行くわよ、密林探検隊ーっ！」

レクシアが、目の前に広がる密林を指さす。

四人は、街で見繕った探検隊ルックに身を包んでいた。

動きやすい半袖に半ズボン。首には緑のタイを結び、それぞれ双眼鏡やコンパスをぶら下げている。

ジゼルが戸惑いつつ手を挙げる。

「あ、あの、この格好は一体……⁉」

「もちろん、探検隊の装《よそお》いよ。気分を盛り上げるためにも、服装は大切だわ！　病は気からって言うでしょ？」

「それは違わないか……？」

「で、でも確かに、これぞ探検！　って感じがします！」

ティトが張り切ってしっぽを揺らす。

しかし、密林から不気味な唸《うな》り声が響いて、「ぴゃっ！」と毛を逆立てた。

「うう、この声、なんだかすごく嫌な感じがします……っ」

「【大魔境《だいまきょう》】ほどではないが、なかなか雰囲気があるな」

うっそうと茂った木々の奥に見える闇は、どんよりと淀《よど》んでいる。

ジゼルもこくりと喉を鳴らした。

「長い間、誰も足を踏み入れたことのなかった密林……一体何が待ち受けているの……？」

緊張している様子のジゼルの背を、レクシアが優しく叩《たた》く。

「何が起こっても大丈夫よ。なんたって、私たちがいるんだから！」

「レクシアさん……ええ！」

「それじゃあ、探検隊、出発よ！」

四人は密林に足を踏み入れた。

腰の辺りまで生い茂った草を掻《か》き分けながら進む。

地面はじっとりと湿り、時折どこからか怪鳥が出すような奇妙な鳴き声が響いた。

先頭を歩いていたルナが、不意に足を止める。

「沼地だ、迂回《うかい》するぞ」

「ジゼルさん、足元に気を付けてください！」

「え、ええ」

沼地の横を通り過ぎようとした、その時。

「ギキィィイッ！」

沼地から巨大な蛭《ひる》が飛び出した。

「きゃあっ⁉」

蛭がジゼルに襲いかかるよりも早く、ルナの糸が閃《ひらめ》く。

「『乱舞』！」

シュパパパパッ！

「ギイイイイイッ……！」

切れ味鋭い糸が、巨大な蛭を跡形もなく切り刻む。

「ふう、びっくりしたわ！　さっすがルナね！」

「い、今のは【ブラッディ・リーチ】……！」

「知ってるんですか、ジゼルさん？」

「え、ええ、伝承で聞いたことがあるわ。森に迷い込んだ人間に取り憑《つ》いて吸血し殺すという、恐ろしい魔物よ。どんな相手でも抵抗する暇なく取りついて、一度取りついたら獲物が死ぬまで離れないって……実はこの密林で一番人間を殺しているのはブラッディ・リーチだとも言われているくらいなのに、こんなにあっさり倒してしまうなんて……!?」

驚くジゼルに、ルナは軽く肩を竦《すく》めた。

「今までの敵に比べたら、赤子の手を捻《ひね》るようなものだな」

「す、すごいわ……本当に強いのね」

ジゼルが感嘆の声を漏らした時、ティトがはっと猫耳をそばだてた。

「来ます！」

「ギギギ、ギギギィィイイ……！」

「ウキキーッ、キキッ！」

木々の奥や頭上に、無数の気配が生まれる。

四人はいつの間にか、魔物の群れに囲まれていた。

「う、うそ……いくら何でも、こんな数……！」

ジゼルが青ざめながら後ずさる。

しかしレクシアたちは不敵に笑った。

「いよいよお出ましね！」

「これだけの数が種族を問わず集うとは、なかなか壮観だな」

長年人の手が入らなかった密林は独自の生態系を築いているらしく、様々な獣や虫の姿をした魔物がひしめいていた。

「ギィ、ギギギィイイイ……！」

血に飢えた魔物たちがじりじりと輪を狭めてくる。

「あ、あ……」

ジゼルが思わず後ずさった時、頭上から猿の姿をした魔物が飛び降りてきた。

「キキーッ！」

「きゃあっ⁉」

その攻撃が届くよりも早く、ティトがジゼルを抱いて跳び退《しさ》る。

「お怪我《けが》はないですか、ジゼルさん！」

「え、ええ、ありがとう……！　でもまさか、【ブラック・リーマー】までいるなんて……！」

「キキーッ、ウキキキーッ！」

木々の上で耳障《みみざわ》りな鳴き声を上げる猿の群れを見上げて、ジゼルが声を震わせる。

「ブラック・リーマーは貪欲で知能が高くて、たった一匹のブラック・リーマーが瞬《また》く間に集落をひとつ壊滅させたという伝説も残っているわ……！　それだけじゃない、【デス・ピード】に【キラー・ビー】……こんな凶悪な魔物たちが群れで襲ってくるなんて……！　やっぱりこの密林は危険すぎる……！」

青ざめるジゼルだが、レクシアが朗らかに口を開いた。

「これくらいの群れ、大したことないわ！　さっさとやっつけちゃいましょう！」

「ええっ⁉　で、でも、いくらルナさんとティトさんでもさすがにこれは……⁉」

しかし、ルナとティトは涼しい顔で構える。

「数は多いが、まあ【大魔境】に比べれば可愛《かわい》いものだ」

「どうやらこの密林では食物連鎖の上位にいるみたいですが、上には上がいるってことを教えてあげましょう！」

「ギギィィイイイイイイイイイッ！」

久々の餌《人間》を前に、興奮した魔物たちが一斉に猛《たけ》る。

四人は、恐ろしい咆哮《ほうこう》を上げる魔物の群れと相対した。

＊＊＊

「ウキキッ、キキーっ！」

「もうっ、すばしっこいわね！」

レクシアとルナの頭上で、黒い影が飛び交う。

猿の姿をしているその魔物――ブラック・リーマーたちは、うっそうと茂った木々の間を縦横無尽に移動しては、思い出したように攻撃を仕掛けてきた。

数が多い上に動きが機敏で、目に捉えるだけで精一杯だ。

「素早いし、全然下りてこないし、それになんだか馬鹿にされてる気がするんだけど⁉」

怒るレクシアを見て、猿たちがからかうように鳴く。

「ウキャッ、ウキャキャキャキャッ！」

「もーっ！　やっぱりからかわれてるわ⁉　ルナ、やっちゃって！」

「もちろんそのつもりだが……一匹一匹潰すのも面倒だ、まとめて相手をしてやろう。レクシア、奴《やつ》らを挑発できるか？」

「えっ？　分かったわ！　ええと……」

レクシアは辺りを見回すと、手頃な石を拾った。

「これならちょうどよさそうね！　えーいっ！」

石を振りかぶり、猿の群れに向かって投げつける。

しかし渾身《こんしん》の一投はあっさりと避《よ》けられた。

そればかりか、猿たちは歯を剝《む》き出して嘲笑《あざわら》うような鳴き声を上げる。

「ウッキキーッ」

「何よーっ、もーっ！」

「はあ、あっちに挑発されてどうする……というかお前、投げるの下手だな？」

「そんなことないわよ⁉」

賑《にぎ》やかに言い争う二人。

それを好機と見たのか、猿の群れが一斉に飛び掛かってきた。

「ギキィイイイッ！」

しかし。


「――『監獄』」

猿たちが動くのを待っていたかのように、ルナが静かに呟《つぶや》く。

一瞬にして糸が檻《おり》のように張り巡らされ、猿の群れを閉じ込めた。

「ギャギャッ⁉」

「悪いが、お前たちと遊んでやる暇はなくてな」

ルナが宙を摑《つか》む仕草をした瞬間、糸が一気に収束し、猿たちを細切れにした。

「ギギャァァァアアッ……！」

群れが断末魔を残して虚空《こくう》に溶け消える。

「すごいわ、一網打尽よ！　さっすが、私のルナねっ！」

「まだ囲まれているぞ、気を抜くな」

ルナがそう口にした時、レクシアの背後——何もない空間が、ゆらりと歪《ゆが》んだ。

——【アサシン・スネーク】。

危険地帯に生息する、黒色の大蛇だ。

五メートルを超す巨体でありながら、その気配を遮断するスキルを用いて、冒険者を奇襲する。

アサシン・スネークは姿を秘匿したまま、がぱりと口を開いた。

「レクシア！」

「へ？」

「ギシャアアアアアアアッ！」

アサシン・スネークが飛び掛かると同時に、ルナは糸の束を放っていた。


「『螺旋《らせん》』ッ！」

ギュルルルルルルッ！


レクシアの横を掠《かす》めて、糸の束がドリル状に旋回しながら肉薄する。

糸は唸《うな》りを上げながら、アサシン・スネークの口腔《こうこう》から尻尾の先まで突き抜けた。

「ギシャアアアアアッ⁉」

スキルが解けて黒い巨体が現れたかと思うと、光の粒子と化して溶け消える。


「なかなか優秀なスキルだが……詰めが甘かったな」

ルナは指に引っ掛けた糸をくいっと手繰り、密《ひそ》かに周囲に張り巡らせていた糸を回収した。

　戦闘が始まると同時に、魔物が接近して糸に触れれば即座に対応できるように対処していたのだ。

「これでこの辺りは、あらかた片付いたか」

　ふうと息を吐くルナに、レクシアが飛びついた。

「すごいわ、ルナ！」

「れ、レクシア⁉」

　ルナを抱き締めながら、レクシアが嬉《うれ》しそうにはしゃぐ。

「あんな強い魔物を、あっという間に倒しちゃうなんて！　やっぱり、最高に強くてかっこよくて可愛いわ！　それでこそ、私のルナよね！」

「分かった、分かったから離れろ」

　ルナは頬を赤く染めつつ、レクシアを引き剝がしたのだった。

＊＊＊

「ギギ、ギギギギギ……ッ！」

「ひ……！」

不気味な金切り声を上げる魔物を前に、ジゼルが青ざめる。

ジゼルの前に立ち塞がっているのは、巨大なムカデであった。

「【デス・ピード】……！」

黒く頑丈な装甲を備え、どんな手練《てだ》れの冒険者の攻撃さえも意に介さず、獲物を貪り喰《く》う凶暴な魔物だ。

足が竦《すく》んでいるジゼルに向かって、ムカデが襲いかかる。

「ギギィイイイイッ！」

「きゃあああっ！」

思わず目を閉じるジゼル。

しかし、ムカデの牙が届くよりも早く。

「ジゼルさんっ！」

駆けつけたティトが、木々を蹴って高く躍り上がる。

そして――

「【雷轟爪《らいごうそう》・極】！」

身体《からだ》を捻《ひね》って回転を加えながら、真下に向かって力の奔流を叩《たた》き付けた。

「ギイイイイイイイイイ!?」

凄《すさ》まじい威力に、ムカデは押し潰されるようにして瓦解《がかい》する。

「み、ミスリルに匹敵する装甲を持つとも言われるデス・ピードを一撃で……!?」

ティトはひらりと着地すると、ジゼルに笑いかけた。

「すみません、他の群れに対処してたら、遅くなっちゃいました……お怪我《けが》はないですか？」

「え、ええ、ありがとう！」

「ギイイイイイッ！」

ジゼルの言葉半ばに、唸るような羽音が響いた。

はっと顔を上げた二人に、赤い蜂の群れが弾丸のように突っ込んでくる。

「ギイイイイイッ！」

「！　【キラー・ビー】……！」

ジゼルが顔を引き攣《つ》らせる。

【キラー・ビー】は【ブラッディ・ベアー】さえ捕食することがある凶暴な魔物で、冒険者の天敵として恐れられていた。

厄介なのは速さと執念深さで、その機動力で相手の攻撃をひたすらに躱《かわ》し続け、敵が疲弊したところに群がって毒針を打ち込むという恐ろしい性質を持っている。

そのキラー・ビーが、巨大な群れを形成して二人に迫る。

「あのキラー・ビーがこんなに……!? 全部対処するなんてとても無理だわ……!」

しかし、ティトは「大丈夫です！」と頼もしく笑った。

「ジゼルさん、石を集めて、私の前に投げてください！」

「えっ!? わ、分かったわ……！」

ジゼルは急いで足元の石を集めると、ティトの前に放った。

空中の石に向かって、ティトが爪を振り抜く。

「随分素早いみたいですが、これでも避けられますか——【爪穿弾《そうせんだん》】っ！」

ビシビシビシィッ！

石が弾丸のごとき勢いで撃ち出される。

しかも強烈な一撃によって石が砕け、その破片がさながらショットガンのように広範囲に広がった。

「ギギイイイイッ！」

凄まじい威力の礫《つぶて》を浴びて、蜂の群れが為《な》す術《すべ》もなく撃ち落とされる。

「す、すごい……！」

ジゼルは鮮やかな技術に思わず見とれ――はっと目を見開いた。


「ティトさん、危ないっ！」


かろうじて攻撃を免《まぬが》れた一匹が、ティトの背後に回り込んでいたのだ。

「！」

「ギイイイイイイイっ！」

仲間を殺され、目を怒りに染めた殺人蜂が凄まじい速度で突っ込んでくる。

ジゼルはとっさに精霊術を発動させた。

「応えて……！」

刹那、木に絡《から》みついている蔦《つた》が伸びた。

網のように絡み合って、殺人蜂の行く手を塞ぐ。

「ギィイ……ッ!?」

蔦の網に掛かった蜂がじたばたともがく。
次の瞬間——

「【爪閃《そうせん》】っ！」


ティトが駆け抜けざまに斬撃を叩き込んだ。

「ギギ、ギ……！」

微《かす》かな声を残して、蜂だったものが黒い影と化して消滅する。

ジゼルはほっと胸をなで下ろす。

「よ、良かっ、た……」

「ありがとうございます、ジゼルさんっ！」

「きゃ⁉」

ティトがジゼルに抱き付いた。

興奮に目をきらきらさせながら、ジゼルの手を握る。

「おかげで助かりました！　すごいです、あんなことができるなんて……！」

「あ……無我夢中で、とっさに……でも、ティトさんが無事で良かったわ」

「えへへ、ありがとうございますっ！　最初、密林って暗くてじめじめしていて怖いなって思ってたんですけど、自然を味方につけているジゼルさんがいたら百人力ですっ！」

「ふふ、ありがとう」

ティトに心からの笑顔を向けられて、ジゼルは嬉しそうに笑ったのだった。

＊＊＊

四人を取り囲んでいた魔物の群れは消滅し、辺りはすっかり静けさを取り戻した。

ジゼルが放心したように呟《つぶや》く。

「あれだけの群れを、あっという間に……二人とも、本当に強いのね……！」

「ふふふ、言った通りでしょ？　ルナとティトは最かわで最強なのよ！」

レクシアは嬉しそうに笑うと、密林の奥を果敢に指さした。

「さあ、どんどん行くわよ！」

時折現れる魔物たちを華麗に蹴散らしながら進む。

そのうち、魔物たちも手を出してはいけない相手だと悟ったのか、襲撃が間遠になっていった。

しかし、密林探索をはじめてしばらくした頃。

「大丈夫か、レクシア？」

「うう……」

レクシアが掠《かす》れた声を漏らす。

草に覆われた地面は常にぬかるんでおり、足が沈み込んで体力を消耗するのだ。

「ここ、とっても歩きづらくて……みんなは大丈夫なの？」

「えーと、はい……砂漠で慣れているからかもしれません」

「私も、海辺をよく散歩しているから……そうだわ、精霊術で地面を固めれば、少し歩きやすくなるかもしれないわ」

「だめよ、そんなことにジゼルの大事な力を使わせられないわ！」

ぶんぶんと首を振るレクシアに、ルナが手を差し出す。

「ほら、私の肩につかまれ」

「大丈夫よ、ルナが歩きづらくなっちゃうでしょ？」

「だが急がなければ時間がないぞ」

すると、ティトがぴんと猫耳を立てた。

「そうだ！　それなら……レクシアさん、私の背中に乗って下さい！」

「ええっ⁉　でも、ティトが疲れちゃうんじゃ……」

「大丈夫です、力には自信がありますから！　それに、遺跡に着いてからが本場ですから、今は体力を温存した方がいいと思います！」

そう言うと、ティトはレクシアに背中を向けてしゃがんだ。

「さあ、どうぞ！」

「そう？　じゃあ、遠慮なくお願いするわね！」

レクシアがティトの背中に乗る。

ティトはひょいっと立ち上がった。

「よいしょっと！」

「きゃっ！　こんなに軽々と……⁉　すごいわ！」

「ティトさん、本当に力持ちなのね……！」

「えへへ。お役に立てて良かったです！」

「ありがとう、ティト！　でも大丈夫？　重くない？」

「はい！　このまま走れちゃうくらい、とっても軽いです！」

「そう？　それなら良かった——あら？　あっちの方に何かあるわ」

レクシアはふと、木々の奥を指さした。

視線が高くなったことで、今まで見えなかった物体を発見したのだ。

むむむ、と目を懲らし、はっと声を上げる。

「あれって……遺跡じゃない⁉」

「え、えええええっ⁉」

慌ててその方向に進むと、木々が開けた先に朽ちた建物が現れた。

重厚な石の壁には蔦が絡みつき、ところどころ崩れ落ちている。

「い、遺跡です！　本当にありました……！」

「ふふふ、やっぱりね。私がティトにおんぶしてもらうことも、全部計算だったのよっ！」

「すごいです、レクシアさんっ！」

「いや、ただの偶然だろう」

ジゼルは目を丸くしながら遺跡を見上げた。

「これが古代の遺跡……本当に存在していたのね……」

「んー、やっぱり密林といえば遺跡が付き物よね、わくわくしちゃう！」

「何か、噴火に関する手がかりがあればいいんだがな」

外壁をぐるりと探して、草に埋もれかけている入り口を見つけた。

湿った闇を覗《のぞ》き込んで、ティトが猫耳を伏せる。

「うう、不気味です……」

「ふふふ、雰囲気あるわね！　これぞまさに密林の遺跡って感じだわ！」

レクシアは不敵な笑みを浮かべると、闇の奥へと続く通路をびしりと指さした。

「目指すは最深部よ！　遺跡っていったら、一番奥に大切なものを隠してるって、相場は決まってるんだから！」

「そうとも限らないが……まあ、何があるか未知数だ。注意を払いつつ探索しよう」

慎重に遺跡に足を踏み入れる。

中は湿った空気に満ちていた。石の床はすり切れ、時折どこからかぴちょん、ぴちょんと水の音が虚に響く。

壁には発光する苔《こけ》が群生しており、淡い光を放っていた。

「この苔のおかげで、ランタンがなくとも明るいな」

「は、はい……でも、今にも暗がりから何か飛び出してきそうで——ひょわぁあああああ⁉」

「きゃああああああ⁉」

「なにーっ⁉　なになになにーっ⁉」

突然ティトが跳び上がり、レクシアとジゼルもつられて絶叫する。

「はわっ、はわわわぁっ……すすすすみませんっ、ただの岩だと思って手をついたら、大きな顔の彫刻でっ、びびびびっくりしちゃって……！」

「本当だわ！　誰よこんなの作ったの、心臓に悪いわね！」

「なかなか凝った造りだな」

「大丈夫、ティトさん？　手を繋《つな》いで歩きましょうか？」

「うう、すみません……」

石の壁に、四人の足音が響く。

通路には傾斜がついており、地下へと潜っていく構造になっていた。

「少しずつ下ってますね」

「ああ。この遺跡、どうやら地下にまで広がっているらしいな」

「となると、外から見た以上に広いかもしれないわね！」

坂を下り、角を曲がる。

ルナがふと立ち止まった。

「ん……この先、妙な気配がするな」

「気配？」

「？　変なにおいも音もしないですが……」

ジゼルとティトが小首を傾《かし》げる。

通路も、これまで通ってきた道と変わらないように見えた。

レクシアが焦《じ》れたように声を上げる。

「怖《お》じ気《け》づいていても仕方ないわ！　行くわよっ！」

「！　待てレクシア――」

ルナが止める暇もなく、レクシアは元気に走り出し――

その足元がばかりと開き、レクシアの姿が消えた。

「きゃああああああああああ!?」

「「レクシア／レクシアさ――ん!?」」

落とし穴に吸い込まれたレクシアに、ルナが瞬時に糸を巻き付ける。

「なによなによ、なんなのよ――!?」

ぷらぷらと揺れるレクシアの遥《はる》か足元――穴の底には、錆《さ》びた槍《やり》がずらりと穂先を向けていた。

「ちょっとなによこれ、信じられない！　危ないじゃないの！」

「軽率に動きすぎなんだ、お前は！」

三人がかりでレクシアを引き上げて、冷や汗を拭う。

「あ、危なかったわ……！　何なのよ、この落とし穴は!?」

「明らかに人為的な罠《わな》だな」

「で、でも、一体誰が何のために……!?」

ジゼルがはっと思い出す。

「そういえば……古い文献で読んだことがあるわ。遥《はる》かなる昔、海賊がこの遺跡をねぐらにしたこともあったって……」

「か、海賊、ですか……!?」

「え、ええ」

「でも、いくら海賊さんでも、あの密林を抜けて出入りするのは難しいんじゃ……!?」

「そうなの、だからよくある伝承の類かと思っていたけれど……もしかしたら海賊の話は本当で、その海賊たちが盗品を守るために仕掛けた罠なのかも……」

「確かに、この罠を見る限りその可能性はあるな。どうやって密林を出入りしたのか、謎は残るが……――」

それを聞いて、途端にレクシアの顔が輝いた。

「ってことは……罠をくぐり抜けた先に、海賊たちが隠した宝物が眠っているかもしれないの!?　すごいわ、冒険小説みたい！」

「お前、今その罠で死にかけたんだぞ」

「あら、さっきは油断してただけよ。罠があることさえ分かっちゃえば、いくらでも対処のしようはあるでしょ？」

「はあ、その自信はどこから来るんだ……いいか、目的を忘れるなよ。私たちの目的は、噴火の手がかりを探すことだからな」

「もちろんよ！　でも、遺跡に財宝が眠ってるなんてすっごくロマンじゃない？　迫り来る罠を、仲間たちと一緒に知恵と勇気と友情で乗り越えるのよ！　きゃあっ、こういう冒険小説に出てくるような体験、一度やってみたかったのよねっ！」

　未知の体験にわくわくしているレクシアとは反対に、ティトたちは緊張した顔を見合わせる。

「まさか、こんな危ない罠が仕掛けられてるなんて……これから先は、一層慎重に進まなくちゃなりませんね……！」

「そうね、細心の注意を払うわ」

「と、いうことだ、レクシア。迂闊《うかつ》に動くなよ」

「あら、大丈夫よ。私、こういう展開は冒険小説でたくさん読んだもの。誰よりも詳しい自信があるわ！　さあ、行くわよ！」

レクシアが意気揚々と一歩踏み出し――その足元の石が、がこんと沈み込んだ。

「あら?」

ガゴオオオオオオオオオオオオオン!

四人の背後。

天井が開いたかと思うと、通路を埋め尽くすほどに巨大な岩が現れた。

「も、もしかして、これって……!」

身構える暇もあらばこそ。

立ち尽くす四人に向かって、巨大な岩がごろごろごろ! と轟音《ごうおん》を鳴り響かせながら下ってくる。

「きゃあああああああああああああ!?」

レクシアの悲鳴を合図に、四人は一斉に走り出した。

「レクシア――――――! 迂闊に動くなと言ったろう!」

「仕方ないじゃないっ! でもこれ、冒険小説で読んだやつだわ!」

「なんで嬉《うれ》しそうなんだ!?」

「はわわわわ、ぺちゃんこにされちゃいます……!」

「みんな、前を見て! 行き止まりだわ……っ!」

突き当たりを見て、ジゼルが悲鳴を上げる。

ルナは最後尾を走るティトに視線を送った。

「ティト、いけるか！」

「はいっ、準備できました！　いきます――【烈爪】！」

ティトは振り返りざま真空波を放った。


ズバアアアアアアアッ！

ガラガラガラ……！


見えない斬撃が、巨大な岩を切り刻む。

レクシアが息を切らせながら額の汗を拭った。

「ふう、びっくりしたわ……！」

「ずいぶん古典的な罠だったな」

「す、すごいわティトさん、あんなに大きな岩を斬ってしまうなんて……！」

「えへへ。間に合って良かったです！」

「さすがティトね！　普通ならとっくにぺっちゃんこになっているところだけど、海賊もまさか岩を切り刻まれるなんて思ってなかったでしょうね！」

「しかし、この道が行き止まりとはな……戻って別の道を探すか」

「そうね、せっかくここまで進んできたけれど……」

ジゼルはそう言いながら、辺りを見渡し――「あら？」と呟《つぶや》いた。

ティトの斬撃によって、岩と一緒に周囲の壁も破壊されていた。

そしてその奥に、ぽっかりと空洞が広がっていたのだ。

「みんな、見て。この壁の向こう、部屋になっているわ」

「えっ？」

レクシアたちも壁の穴を覗《のぞ》き込む。

「本当です！　隠し部屋みたいですね……！」

「隠し部屋ですって!?　怪しいわね……きっと、何かものすごい宝物が隠されているに違いないわ！」

今にも部屋に飛び込みそうなレクシアを押さえながら、ルナが暗がりに目を凝らす。

「ん？　あれは……？」

部屋の突き当たり、仰々しい台の上に、朽ちかけた宝箱が置いてあった。

「宝箱、でしょうか……？」

その言葉に、レクシアがぱっと目を輝かせる。

「宝箱⁉　こんなに厳重に隠されているんですもの、何か重要なアイテムが入っているはずよ！　ロマンの香りがするわっ！」

「待てレクシア、迂闊に動くな――」

レクシアは制止も聞かずに部屋に踏み込む。

その足元から、ぶわっと網が跳ね上がった。

「きゃあああああっ⁉」

「れ、レクシアさ――――ん⁉」

あっという間に、レクシアは網で宙づりにされていた。

狭い網の中で、罠に掛かったうさぎよろしくじたばたともがく。

「何よこれ――――っ⁉　ねえルナ、助けて――」

「やれやれ。少しお灸《きゅう》を据えてやった方が良さそうだな」

「ひょっとして置いていくつもり⁉　やめてよー！」

「冗談に決まっているだろう」

「あわわわ、今下ろしますから……！」

「そんなにじたばたしたら絡《から》まっちゃうわ……！」

涙目のレクシアを救出し、罠に気を付けつつ慎重に進む。

ふと、ティトが宝箱まであと少しというところで立ち止まった。

「！　待ってください……！」

「なに？　なになになに？　何か感じるの、ティト？」

さしものレクシアも懲りたのか、大人しく指示に従う。

ティトは小石を拾うと、宝箱の手前に投げた。

しかし、何も起こらない。

「大丈夫みたいね、行きましょう！」

「い、いえ、まだです！」

「なんでそう無闇に飛び出すんだ、お前は！」

「レクシアさん、落ち着いて……！」

ルナとジゼルが、飛び出そうとしたレクシアを必死に押さえる。

ティトは一旦穴まで戻ると、壁を剥がして持ってきた。

「よいしょっと」

「す、すごいわ、石の壁をあんなに軽々と……」

子どもほどもあるその破片を運んできて、再び投げる。

ドオオオオン！　と重たい振動が響き――

シャキイイイイイイイインッ！

床一面に、大量の針が突き出した。

「ひ……!?」

「なるほど、ある程度の重さに反応するらしいな」

「なんて姑息《こそく》な罠なの!?　危うく串刺しになるところだったわね！」

「お前だけな」

針だらけになった床を前に、ティトが耳を伏せる。

「どうしましょう、罠があれだけとも限りませんし……やっぱり引き返しますか？」

「だが、どちらにしろあの道は行き止まりだったからな……」

その時、ジゼルがはっと声を上げた。

「あ、見て……あっちの壁に出口があるわ」

ジゼルの言う通り、宝箱の向こう側に出口があるのが見えた。

「何にせよ、先に進むには、この針の筵《むしろ》を越えるしかなさそうね！　ついでに宝箱の中身も手に入れちゃいましょう！」

「それが目当てだろう、お前は」

ルナはそう言いつつ、部屋を渡る方法を模索する。

「糸で渡ることもできるが、全員となると少し時間が掛かりそうだな」

「あっ、そうだ！　私に考えがあります、ちょっと待っていてください！」

ティトはそう言うと、再び穴まで戻った。

石の壁を剝がしては、ひょいひょいと投げていく。

「えいえいっ！」

「ええええええっ!?　す、すごい……！」

ドオオオオオン！　ズドオオオオオオン！

遺跡に重低音が響く。

やがて部屋いっぱいに、石の板が敷き詰められた。

「ふう、これで大丈夫です！」

「やるわね、ティト！」

「こ、こんな解決方法があるなんて……！」

「罠《わな》を仕掛けた海賊も、これを見たら度肝を抜かれるだろうな」

石の上を渡って、宝箱に辿《たど》り着く。

「わあ、立派な箱ですね……！」

「かなり古いものみたいね」

「嫌な予感がするんだが……本当に開けるのか？」

「当たり前じゃない！　ってわけで、ルナ、お願い！」

「やれやれ」

ルナはため息を吐《つ》くと、宝箱を慎重に確かめ、糸を鍵穴に挿し込んだ。

ガチン、と硬質な音がして、錠が開く。

「よし、開いたぞ」

「ルナさん、鍵開けまでできるの……⁉」

「簡単な鍵ならな」

「さあ、どんな財宝が眠っているのかしらっ？」

ルナたちが警戒の目を光らせる中、レクシアが宝箱を開いた。

次の瞬間、

「グギャアアアッ！」

宝箱から軟体の魔物が飛び出した。

アシッド・スライムはスライムの亜種で、生き物を溶かして体内に取り込む凶悪な魔物である。

ジゼルが恐怖に目を見開く。

「【アシッド・スライム】……！」

「きゃあっ⁉」

「気を付けて、少しでも触れると骨まで溶けてしまうわ！」

「なるほどな、そういうことなら――『繭』！」

ルナが瞬時に糸を放った。

大量の糸が繭のごとくスライムを包み込み、溶ける暇もなく絞り上げて圧死させる。

「ギャギャ、ギャ……」

「す、すごいわ、一流の冒険者でも苦戦する相手を、ほんの一瞬で……！」

「もう、びっくりしたわね！　まさか、あの魔物しか入ってないわけないわよね？」

レクシアが唇を尖《とが》らせながら、宝箱の中を覗き込む。

中には、淡い桃色の液体の入った小瓶が転がっていた。

「何かしら、これ？」

「何かの薬だろうか」

「くんくん……微《かす》かに甘いにおいがします」

ジゼルがはっと目を見開く。

「これは、もしかして……媚薬《びやく》……？」

「えっ⁉」

「び、びやく、ですかっ？」

驚く三人に、ジゼルが頷《うなず》く。

「遥《はる》か昔、この島には神秘の媚薬の製法が伝えられていたの。かつては王侯貴族がこぞって求めたこともあったそうだけれど、材料がとても希少だったし、長い歴史の間に製法も失われてしまって……。なんでも、薬を飲んで最初に見た相手に夢中になってしまうという、惚《ほ》れ薬と同等の効果もあるとか……」

「なにそれ、最高の薬じゃない！」

レクシアが俄然《がぜん》食いついた。

翡翠《ひすい》色の瞳をきらきらと輝かせながら、宝箱の中の小瓶を見つめる。

「ユウヤ様がこれを飲んだら、私の魅力にメロメロになるっていうわけね⁉」

「お前、媚薬などに頼るつもりか？」

「あら、時にはアイテムの力を借りることも必要だわ。ユウヤ様はとっても紳士で恥ずかしがり屋だから、何か後押しがないと踏み出せないと思うのよ。……それに、本当はルナだって欲しいんでしょう、媚薬？」

「なっ⁉　わ、私は別に……！」

「この媚薬があれば、ユウヤ様とあんなことやこんなことができるのよ？」

「……そうだな」

「「ルナさん⁉」」

一瞬レクシアに同調しかけたルナだが、ティトとジゼルの声にぶんぶんと首を振った。

「いや待て、わざわざ宝箱にしまわれているんだぞ？　明らかに罠だろう、触らない方がいい」

「そ、そうですよ、この瓶を取った途端、何かの罠が発動するかもしれません！」

ティトが必死に危険性を訴える。

するとレクシアは、小瓶を片手に首を傾《かし》げた。

「え？　もう取っちゃったわよ？」

「んえええええええええ⁉」

「お前えええええええええええええ！」

絶叫するも、時既に遅し。

周囲の壁からガコン、と何かが作動する音が響いた。

石の隙間に何かがキラリと光るのを見るなり、ルナが叫ぶ。

「くっ、走れ！」

「あわわわわわわ!?」

ルナに追い立てられて、反対側の出口へと走り出す。

疾走する四人目がけて、左右の壁から矢が飛んできた。

ヒュンヒュンヒュンヒュンッ！

「見て、矢の嵐よ！　これも冒険小説で読んだやつだわ！」

「喜んでる場合か！　『乱舞』！」

「そ、【奏爪】！」

襲い来る矢を、ルナの糸が切り刻み、ティトの爪が粉砕する。

ジゼルも走りながら、精霊術を発動させた。

「か、『風よ、吹き荒れよ』！」

突風が巻き起こり、一気に矢を吹き散らす。

「わあ！　すごいです、ジゼルさんっ！」

「よし、一息に駆け抜けるぞ！」

一行は次から次へと射かけられる矢をくぐり抜け、なんとか出口に滑り込んだ。

「はあ、はあ、はあ……！」

「今日だけで、一生分の罠を味わいましたぁ……！」

ぐったりするルナたちをよそに、レクシアは意気揚々と小瓶を掲げた。

「でも、おかげですごいものを手に入れちゃったわ！　とりあえず、私が預かっておくわね！」

「いや待て。お前が保管していると割ったり零《こぼ》したりするだろう。私が持つ」

「あらルナ、媚薬に興味ないんじゃなかったの？」

「きょ、興味がないとは言っていない！」

「大丈夫よ、私たちはユウヤ様を巡る対等なライバルだもの。後でちゃんとルナにも分けるから！」

「うっ……い、いいか、抜け駆けはなしだからなっ！」

賑《にぎ》やかに言い合う二人を見て、ジゼルが目をしばたたかせる。

「ルナさんが真っ赤だわ……レクシアさんばかりかルナさんまで虜《とりこ》にしちゃう、そのユウヤさん？　っていう人は何者なの……？」

「私も会ったことはないのですが、とにかくすごい人らしいですっ！　『蹴聖《しゅうせい》』様と『剣《けん》聖《せい》』様のお弟子さんだったり、規格外な武器をたくさん持っていたり、よく分からないすごい力をあっという間に会得《えとく》したり、再会する度に強くなったりしているそうで……！」

「え、えええええっ……!?　ルナさんとティトさんも充分強いのに……そんなすごい人がいるなんて……」

ティトの説明に、ジゼルが驚愕《きょうがく》する。

本人の知らないところで、ユウヤの武勇伝はどんどん進化を遂げていくのであった。

＊＊＊

その後も四人は数々の罠をくぐり抜けながら、ようやく最奥《さいおう》に辿り着いた。

「ここが最深部か」

両開きの扉を前に、ルナが呟《つぶや》く。

「それじゃあ、開けるわよ」

レクシアはジゼルが頷いたのを確かめると、取っ手に手を掛け、ゆっくりと開けた。

「うわあ……！」

ティトが歓声を上げる。

四人を出迎えたのは、金色に煌《きら》めく財宝の山であった。

貴金属に珊瑚《さんご》、宝石、絹に真珠など、あらゆる宝が部屋中に積み上げられている。

ジゼルが唖然《あぜん》と立ち尽くす。

「ほ、本当に、密林の遺跡にこんな財宝が眠っていたなんて……てっきりおとぎ話だと……」

「これは圧巻だな。ざっと見ただけでも、かなりの歴史的、文化的な価値があるぞ」

「あわわわわ、目がちかちかします……！」

「すごいわ、島の人たちに教えてあげなきゃ！　これだけの財宝があれば、この島を狙う不埒《ふらち》な他国から自衛することができるもの！　やったわね！」

突如として現れた光景にひとしきり驚いて、ルナが口を開く。

「問題は、噴火についての手がかりがあるかだが……」

「そうね！　手分けして探しましょう！」

財宝の山を掻《か》き分けて、それらしき物を探す。

「この真珠のネックレス、すごく立派ね！　こんな大粒の真珠、国宝になっていてもおかしくないわ」

「これは……古代の地図か？　だとすると相当貴重なものだぞ」

「あわわわ、すごく繊細な金細工……間違って傷付けちゃいそうで怖いです……！」

「どうしよう、こんな宝石見たことがないから……あまりにもすごすぎて、目眩《めまい》がしてきたわ……」

それぞれ財宝に気を取られつつも探索し、半刻《はんとき》ほどが経過した。

「うーん、ないわね……」

レクシアは、絹の絨毯《じゅうたん》をめくろうと無造作に引っ張り——

「きゃあ⁉」

手が滑って、盛大にひっくり返る。

背後にあったコインの山が、じゃらららら！　とけたたましい音を立てて崩れた。

「いたたた……」

「まったく、何をしてるんだ」

ルナが駆け寄って、引き起こそうと手を差し出し——

「あら？　なにかしら、この石板？」

レクシアは、ふと手元を見下ろした。

コインの下から、古びた石板が現れたのだ。

「相当古いもののようだな」

「何か刻まれてるみたいだけど……」

石板の表面には文字らしきものが彫り込まれていた。

しかし、劣化してしまって解読できない。

「ジゼル、ティト、こっちに来て！」

「は、はい！」

「何か見つかったの？」

「ええ、この石板なんだけど……」

「文字らしきものが刻まれているようなんだが、劣化が激しくてな」

すると、その石板を見たジゼルが小さく呟いた。

「……この石板……もしかして……」

「ジゼル？」

ジゼルは何かに導かれるように手をかざし、精霊術を発動する。

するとすり切れた石板に、青い文字が鮮やかに浮き上がった。

「あっ、石板に文字が浮き上がりました！」

「ジゼルの精霊術に反応しているのか……！」

「すごいわ、ジゼル！　でも、見たことのない文字ね。なんて書いてあるのかしら……？」

眉を顰《ひそ》めるレクシアの横で、ジゼルが小さく呟いた。

「……『遥《はる》かないにしえ』……」

「ジゼルさん、読めるんですか⁉」

「え、ええ。見たことのない文字なのに、なぜか意味が頭に流れ込んでくるわ……」

「そっか！　精霊術が鍵になっていたってことは、きっとジゼルのご先祖さまたちが刻んだものなんじゃないかしら！」

「読み上げてくれるか」

「分かったわ」

ジゼルは石板の文字を読み始めた。

「『遥かないにしえ、宙《そら》の果てより【災厄の石】がこの地に降り注いだ。その石には【異星獣】と呼ばれる獣が寄生していて、アウレア山の地底深くに埋まっている』……」

「い、異星獣……？」

「『異星獣は星の力を吸い上げ、十分な力を蓄えると、地の底から蘇《よみがえ》る。そして巨大な噴火を引き起こして、その星に生きる全ての命を滅ぼし、新たな帝王として君臨する』」

「『我々は異星獣よりこの世界を守るため、精霊術をもって、それを封印する』……──」

「……！」

レクシアたちは顔を見合わせた。

「じゃあ、アウレア山の噴火は、その異星獣のせいってこと⁉」

「そうか……ハルワ島の人たちは長きに亘《わた》って、精霊術によって異星獣の復活を封じてきたんだな」

「それが、この遺跡が海賊に占拠されたり密林に魔物が棲《す》み着いたりしたことで、異星獣についての記録が失われて、ただ噴火を鎮《しず》めるための儀式っていう形で残ったんですね！」

「ああ。今回凶星が七つ揃《そろ》うのを待たずに目覚めようとしているのも、その封印の力が弱まったせいかもしれないな」

「まさかアウレア山の噴火が、異星から来た獣によって引き起こされるものだったなんて……」

明かされた真実に、ジゼルはどこか放心したように呟いた。

レクシアが晴れ晴れとした顔で手を打つ。

「じゃあその異星獣っていうのをやっつけちゃえば、全部まるっと解決ってわけね！」

「でもどうやって……異星獣について、何の情報もないわ」

ジゼルの不安そうな声に、ルナも真剣な顔で頷《うなず》く。

「敵は太古からアウレア山に巣喰《すく》っている存在だ……果たして私たちの手に負えるかどうか……」

「ほ、他の石板も探してみましょう！」

「そうね、何か手がかりが見つかるかもしれないわ！」

レクシアたちは、再び石板探しに取りかかった。

「まったく、海賊たちも整理整頓くらいしなさいよね！　大事なお宝なのに！」

「そんな几帳面《きちょうめん》な賊はいないだろう。しかしこれだけの財宝、どうやってここまで運んだのやら……」

財宝をひっくり返しながら石板を探す。

巨大な宝箱のうしろを覗《のぞ》き込んだティトが声を上げた。

「あっ、ありました！　けど……」

言葉尻をすぼめて、猫耳をしょんぼりと垂らす。

「粉々に割れちゃってます……」

恐らく海賊たちの無体によって壊されたのであろう、その石板はばらばらに砕けていた。

「読めるかどうか、試してみるわ」

ジゼルはティトの元に行くと、あるだけの破片を掻き集め、精霊術を発動する。

が――

「……だめ、解読できないわ」

破片は青く発光するものの、文字を解読することは不可能であった。

「他にも割れている石板があるな。海賊にとっては価値のないものだ、ぞんざいに扱われたのだろう」

ルナの言う通り、部屋の中には同じように壊れていて解読できない石板がいくつもあった。

そんな中、レクシアが声を上げる。

「あっ、見つけたわ！　この石板は無事よ！」

急いでレクシアの元に集合する。

「ジゼル、どう？」

「！　数百年前に、アウレア山の火口から溶岩の獣が現れたと記されているわ……！」

「！　きっと異星獣だわ！」

「数百年前に、実際に現れたことがあったのか……！」

「異星獣を倒すための、重要な手がかりになるかもしれません！」

「ええ！」

ジゼルは真剣な目で文字をなぞる。

「『その獣は硬い岩石でできており、獅子《しし》の姿をしている。炎のたてがみに、鋭い牙と爪を持ち、そして』……──」

読み進めるにつれて、その顔が曇っていった。

「どうしたの、ジゼル？」

「そして……『その強さは、【カイザー・ファング】という魔物に匹敵する』と書いてあるわ……」

「カイザー・ファング？」

「カイザー・ファングはその獰猛《どうもう》さと凶悪さから、『密林の王』とも呼ばれている恐ろしい怪物よ。密林の魔物たちの頂点に君臨していて、かつて島を壊滅状態まで追い込んだこともあると伝わっているの……」

ジゼルがうなだれ、ルナが低い声で呟《つぶや》く。

「火口から現れた異星獣は、その魔物と同等の力を持っていたというわけか」

「ええ……当時の人たちは、精霊術と多大な犠牲を払って、なんとか異星獣を火口に押し戻したそうだけど……それから数百年経《た》って、異星獣はさらに力を蓄えているはず……」

ジゼルは絶望に青ざめながら唇を噛《か》んだ。

「世界さえ滅ぼす力を持った、異星の獣……想像以上に途方もない相手だわ。……やっぱり、そんな恐ろしい戦いにレクシアさんたちを巻き込むわけには――」

ジゼルが震える両手を握りしめた、その時。

「ゴアアアアアアアアッ！」

遺跡に地を割るような咆哮《ほうこう》が轟《とどろ》いた。

「なに⁉」

四人が身構えた瞬間、天井から巨大な影が舞い降りる。

「グルルルル……！」

太い牙を剥《む》いて低く唸《うな》るそれは、天井に届く程に大きな犬だった。

ジゼルがはっと目を見開く。

「こ、この魔物は……！」

「ずいぶん大きい魔物ね！」

「直前まで気配を感じませんでした！」

「どこからか入り込んだようだな」

「グルアアアアアアアアアッ！」

魔物は涎《よだれ》を散らして吼《ほ》え猛《たけ》る。

そして、手近にいるジゼルに喰《く》らい付こうと地を蹴った。

「ガアアアアアアアアッ！」

「きゃあああああっ⁉」

ジゼルが悲鳴を上げるよりも早く。


「──『螺旋《らせん》』」

「【烈爪】！」

ズバアアアアアアアアアアアアッ！

瞬時に撃ち出された糸の束と真空波が、渦を巻きながら魔物に直撃した。

「ガアアアアアアアアアアッ！」

激しい攻撃が、魔物を切り刻みながら壁に叩《たた》き付ける。

ドゴオオオオオオオオオオッ！

「ガア、ア、ア……」

犬だったものが黒い霞《かすみ》を残して消滅する。

ルナは糸を回収すると軽く息を吐いた。

「図体《ずうたい》のわりに、歯ごたえのない魔物だったな」

「あっ、天井に穴が空いています。あの穴から、密林に棲んでいた魔物が迷い込んでしまったんですかね？」

平然と会話するルナとティトに、ジゼルが目を白黒させる。

「あ、あの……！　今のが、カイザー・ファングなのだけれど……!?」

「えっ、そうなんですか!?」

「だとしたら、カイザー・ファングに匹敵するという異星獣も恐るるに足りないが……異星から来た獣が、本当にこの程度のものなのか？」

「石板にそう書いてあるんだもの、間違いないわ！　カイザー・ファングを簡単に倒せたっていうことは、異星獣だって楽勝ね！」

「ま、まさか、あのカイザー・ファングを倒してしまう存在がいるだなんて……」

放心しているジゼルに、レクシアが胸を張った。

「ね、言ったでしょ？　私のルナとティトに任せておけば、怖いものなんてないんだから！　異星の獣だろうが、赤子の手を捻《ひね》るようなものよ！　だから安心して、決戦に臨みましょう！」

「……！　ええ……！」

ジゼルが安堵《あんど》の涙を浮かべながら頷く。

レクシアは白い歯を見せて笑うと、眩《まばゆ》い金髪を払った。

「よーし、敵の正体さえ分かったら、もう怖いものはないわ！　決戦は今夜よ！　異星獣はたくさん力を蓄えてるんだから、私たちも負けないように元気を充塡しなくちゃ！　というわけで——」

レクシアは、意気揚々と宣言する。

「今夜の決戦に備えて、めいっぱい遊びましょうっ！」

「ど、どういうことなの⁉」

「なんだその理屈は⁉」

「だって、士気は大事でしょ？」

「昨日あんなに遊んだのに……⁉」

「あら、あれじゃあ全然遊び足りないわ」

レクシアは平然と言ってのけると、ジゼルに片目を瞑《つぶ》った。

「それにジゼルだって、昨日は生贄《いけにえ》のことで頭がいっぱいだったんでしょう？　元気充填の秘訣《ひけつ》は、心置きなく楽しんでこそよ！　私、もっともっとジゼルとたっくさん遊びたいの！」

「！　レクシアさん……ええ！」

ジゼルは少し目を瞠《みは》って、嬉《うれ》しそうに笑った。

ルナが難しい顔で腕を組む。

「しかし、これからまた遺跡と密林を通って帰らなければならないのか。魔物は脅威ではないとは言え、骨が折れるな」

「それに、島の人たちがこの財宝をここまで取りに来るのが大変ですよね……」

「そうね、何か抜け道でもあればいいのだけれど……」

「とりあえず、島の人たちに持てるだけ持って帰りましょう！　さっき見つけた真珠のネックレスとかが良さそうね、確かこの辺に……きゃっ⁉」

レクシアがつまずいて、壁に手をついた。

その瞬間、

ガラガラガラッ！

壁が崩れ、潮風が流れ込んできた。

「か、壁が崩れました――――!?」

「レクシア、お前何をしたんだ」

「ちょ、ちょっと手をついただけよ！　きっと、さっきカイザー・ファングがぶつかった衝撃で脆《もろ》くなってたんだわ!?　じゃなきゃこんなに簡単に壊れるわけないじゃない！」

ジゼルが壁の外を見渡して目を見開く。

「あら？　ここは……島の西の岸壁にある洞窟だわ……」

一行が出たのは、巨大な洞窟であった。

地面が削られて入り江になっており、海に繋《つな》がっている。

「この洞窟には、時々貝を採りに来るのだけれど……まさか遺跡がこんなところに繋がるなんて……」

崩れた壁にまるでつぎはぎしたような形跡があるのを見て、ルナがふと口を開いた。

「……もしかして、海賊たちはここから遺跡に出入りしていたのではないか？」

「あ……！」

「そうに違いないわ！　手に入れた宝物を船で運んで、ここに隠していたのよ！　そして宝物が見つからないように、最後に壁で塞いだんだわ！」

「どうやって遺跡に出入りしていたのか不思議でしたが、謎が解けました……！」

レクシアがぴょんぴょんと飛び跳ねる。

「やったわね！　これなら、島の人たちも船で海から回って入って来られるわ！」

「はいっ！　あ、カイザー・ファングが降ってきた天井の穴は塞いでおきますね！」

「この部屋にも念のため、対魔物用の罠《わな》を仕掛けておこう。これで島民も心置きなく財宝を取りに来られるはずだ」

「ありがとう、きっとみんな喜ぶわ……！」

感動するジゼルに、レクシアが胸を張る。

「ふふ、狙い通りね。さすがは私だわっ！」

「ただつまずいただけだろう」

ルナはそうツッコみつつ、部屋を振り返った。

「しかし気になるのは、粉々になって解読できなかった石板だが……」

「そうね、何枚かあったものね……」

「一体何が書いてあったんでしょうね？」

「大丈夫よ、必要な情報は集まったんだもの！　異星獣さえ倒しちゃえば、全部解決だわ！」

こうして、四人は遺跡を後にしたのだった。

＊＊＊

集落に戻って異星獣のことを伝えると、島民たちは驚きに目を瞠った。

「なんと……！　アウレア山の噴火が、異星から来た獣の仕業であったとは……！」

「し、しかし、我々にその異星獣とやらと戦う力など……」

唐突に明らかにされた真実に、戸惑いが広がる。

そんな中、レクシアが高らかに声を上げた。

「大丈夫よ、私たちに任せて！」

「お、お嬢ちゃんたちに……⁉」

「そうよ。なんたって私たち、三つの国を救ってきたの！」

「な、なんだって⁉」

「こんな可愛《かわい》い女の子が、まさかそんな……！」

当然の反応を示す島民たちに、ジゼルが口を開いた。

「レクシアさんたちが言っていることは本当よ。レクシアさんたちは、密林の遺跡でカイザー・ファングを倒したの」

「え、えええええええ⁉」

大きなどよめきが湧く。

「あのカイザー・ファングを⁉　一体どうやって……！」

「それ以前に、あの密林に入って生きて出られた者はいないんだぞ⁉」

驚愕《きょうがく》を込めたまなざしを浴びて、レクシアは懐《ふところ》に手を差し入れる。

「私たちは、密林の遺跡に入って生きて戻ってきたわ……これがその証拠よ！」

取り出されたのは、大粒の宝石や真珠のネックレスであった。

島民たちが目を剝《む》く。

「こ、これは……⁉」

「こんな宝石、見たことがないぞ……！」

「遺跡には、海賊に奪われた財宝が眠っていたの。これはそのほんの一部よ」

「西の崖に洞窟があるだろう、そこから遺跡に入れるようになっている。必要であれば船で行くといい」

「この島の保護に役立ててください！」

「え、えええええ……!?」

「す、すごすぎて、何がなんだか……！」

島民たちはレクシアから手渡された財宝を見て目を白黒させている。

「で、でも、いいのかねぇ……元は海賊がどこかから盗んできたものだろう？」

「あら、その頃の国なんて、みんな滅んでるわ。それにこんな財宝があることが分かったら、かえって各国の争いの種になっちゃうもの。この島のために使うのが一番よ」

人々は顔を見合わせ、レクシアたちに深々と頭を下げた。

「ああ、これで他国に脅《おびや》かされることなく、ハルワ島を美しい自然の姿のまま保てる……！」

「島の子どもたちにも、うまいものを食べさせてやれるな！」

「助かったよ、ありがとう、お嬢ちゃんたち……！」

「ふふ、良かったわ。異星獣のことは私たちに任せて！　ぱぱっとやっつけちゃうんだから！」

レクシアたちは感謝を述べる島民たちに手を振って、集落を後にする。

その可憐《かれん》な背中を見送りながら、島民たちが呆然《ぼうぜん》と呟《つぶや》いた。

「しかしあんな可憐なお嬢さんたちが、あの危険な密林ばかりか遺跡まで攻略してカイザー・ファングを倒すとは……！」

「その上、異星獣とやらの存在を解き明かすなんて……あの子たちなら、本当にその獣を倒して噴火を止めることができるかもしれないねぇ……」

「そうなれば、ジゼルも生贄にならなくていいのね……！　ああ、良かった……！」

「あの子たちは、天が遣わしてくださった救世主なのかもしれぬのう……」

そんな感謝と尊敬のまなざしを向けられているとは露知らず、レクシアたちは意気揚々と砂浜へ向かうのであった。

「さあ、決戦は夕方、異星獣が姿を現した時よ！　それまでめいっぱい遊んで、英気を養うわよーっ！」

＊＊＊

きらめく太陽が中天に掛かる頃、四人は水着に着替えて再び砂浜に来ていた。

「昨日は海でたっくさんはしゃいだから、今日は砂浜でまったり楽しむわよ！」

パラソルの下、帆布を張ったビーチチェアに寝そべって、レクシアが気持ちよさそうに伸びをする。

「はあ、最高ね！　もうずっとここでこうしていたいわ！　溜《た》まってる公務のことなんか忘れて……ううう……」

「レクシアさん、木の実のジュースはいかが？　さっき、集落の人が持ってきてくれたの」

「飲むー！」

「ふふ。はい、どうぞ」

ジゼルは堅い木の実をくりぬいて渡してくれた。

ストローで中の液体を飲む。

「んーっ、おいしい！　ほのかに甘くて飲みやすいわ！　こんな堅くて大きい木の実に液体が入っているなんて、不思議ね……あっ、そうだわ！　せっかく手に入れたんだもの、あれを試してみなくちゃ！　ねえジゼル、その木の実、もうひとつもらってもいいかしら？」

「ええ、たくさんあるから好きなだけどうぞ」

レクシアは新たな木の実を受け取ると、ごそごそと荷物を漁《あさ》りはじめた。

「？　レクシアさん、何をしてるの？」

「あっ、何でもないわ、気にしないで！」

レクシアはそう言って、何やら作業を続けるのであった。

一方、ティトは砂のお城を作っていた。

「うーん、難しいです……」

「何をしてるんだ？」

「あっ、ルナさん」

気付くと、ルナが不思議そうに覗《のぞ》き込んでいた。

「この子たちに立派なおうちを作ってあげたいのですが、うまくいかなくて……」

ティトの足元には、小さな蟹《かに》が集まっていた。

ティトの周りでハサミを動かしながら、そわそわしている。

ティトが積み上げた砂の山を見て、ルナが腕を組んだ。

「ふむ。かまくら作りとは、やはり勝手が違うのか？」

「はい、砂がなかなか固まらなくて……」

「ジゼルなら、コツを知っているかもしれないな」

「どうしたの、二人とも？」

そんな話をしていると、ちょうどジゼルがやって来た。

ティトの話を聞いて微笑《ほほえ》む。

「それなら……『砂よ、小さき城を形作れ』！」

ジゼルは砂を操ると、たちまち壮麗な城を造り上げた。

「わあああ、すごいです！」

小さな城に、蟹たちが大喜びで出入りする。

「何度見ても不思議な力だな。もしかして、実寸大の城も造れるのか？」

「やったことはないけれど、たぶんできると思うわ。試しに造ってみましょうか」

ジゼルは砂浜に手をかざし、意識を集中させた。

辺り一帯の砂が、精霊術によって青く輝き始める。

そして——

「『砂よ、巨大な城となれ』！」

砂が一斉に動き出す。

そして、みるみるうちに巨大な城が建造された。

「ええええええ⁉」

「こ、これはすごいな……！」

「わ、私も、ここまでできるとは思っていなかったわ……」

巨大な塔を見上げて唖然《あぜん》とする。

覗き込むと、家具や調度品まで再現されていた。

「す、すごいです……！　壺《つぼ》やソファまであります！」

「強度も十分だ。もしかして、本当に生活できるんじゃないか？」

感心しながら、ひとしきり観察する。

「ありがとう、もう大丈夫よ」

ジゼルが砂に声を掛けると、途端に城が崩れ、元の砂浜に戻った。

ルナが感心したように呟く。

「改めて、すごい力だな。集落の長《おさ》が、精霊術は自然に愛されているほど強くなると言っていたが……」

「ジゼルさんはとっても自然に愛されているんですね！」

ジゼルは嬉《うれ》しそうにはにかんだ。

その時、くうう～と小さな音が鳴った。

ティトがお腹《なか》を押さえて真っ赤になる。

「はわわわっ!?　すみません、遊んだらお腹が減ってしまって……！」

「ふふ。さっき果物ももらったから、みんなで食べましょう」

ジゼルはそう言うと、一抱えもある大きな果物を持ってきた。

硬そうな皮を持つその果物を見て、ティトが目を丸くする。

「わあ、大きい果物！　初めて見ました！」

「ありがたくいただくとしよう」

「なに⁉　なになに⁉　私も食べるわっ！」

すかさず駆け寄ってきたレクシアに、ジゼルが微笑む。

「待っててね、今切るから。この皮、少し硬いのよね……」

ジゼルが果物にナイフを入れようとし——

レクシアがおもむろにそれを止めた。

「待って。……それ、目隠しをして棒で割ってみるのはどうかしら⁉」

「ええっ⁉　ど、どういうこと⁉」

「お前はまた変なことを……」

「前に読んだ本で出てきたのよ、果物割り！　ずっとやってみたかったんだけど、ちょうどいい果物が見つからなかったの。でも、その果物ならぴったりだわ！　っていうわけで、誰かやらない？」

「お前がやるんじゃないのか⁉」

「私は目隠しされた人を声で誘導する係をやりたいのよ、その方が楽しそうだもの！　それに、誘導するのは得意だし！」

「何を根拠に言ってるんだ……？」

レクシアは腕を組んで仲間たちを見回した。

「うーん、それじゃあ……ティト！　やってみて！」

「ふぁいっ⁉」

「ティトは鼻がいいから、こういうの得意そうだわ！」

「は、はいっ……！　うまくできるか分かりませんが、がんばります……！」

レクシアは早速ティトに手頃な棒を持たせると、布で目を覆った。

さらに、その場でくるくると回転させる。

「はわわわ……⁉」

「ふふふ、これで方向が分からなくなったでしょ？　さあ、その棒で、勘を頼りに果物を割るのよ！」

離れたところに置いてある果物を目指して、ティトがふらふらと歩き始める。

「うう、こっち……？　それともこっちでしょうか……？」

「がんばって、ティトさん！」

「もう少し右だ、そう、そのまままっすぐ」

「右、右、左！　くるっと回って、三回飛び跳ねて！　そうそう、あとちょっとよ～！」

「誘導が下手すぎないか……？」

「ふぁあああ……？」

ティトはレクシアたちに誘導されながら、嗅覚と聴覚で情報を集める。

そして意識を研ぎ澄ませると、棒の先をひたりと据えた。

「そこですっ！」

振り上げた棒を、思い切り振り下ろす。


「【絶振衝】ッ！」


「果物を割るのに『聖《せい》』の技を?!」

ドゴオオオオオオオオオオッ！

狙い違《たが》わず振り下ろされた棒が直撃し、果物が粉々に飛び散る。

「あ……」

「ピィ、ピィ」

爆散した果物を、集まってきた小鳥たちが大喜びで啄《ついば》み始めた。

目隠しを外したティトが、爆発四散した果物を見て猫耳をぺしょりと伏せる。

「やっちゃいました……」

しかし、レクシアは跳び上がって拍手した。

「やったわ、大当たりよ！　それにすごい威力だわ！　さすがティトね！」

「あわわわわ、ご、ごめんなさい～！　つい力んでしまって……！」

「ふふ、果物なら大丈夫よ、まだたくさんあるから」

「飛び散った果物も、小鳥のまたとない餌になったようだしな」

ジゼルが新しく果物を持ってくる。

ルナはレクシアが何か言い出す前に糸を構えた。

「どうやら、普通に切った方がよさそうだな。『乱舞』」


シュパパパパパッ！


「普通に切るのに技を⁉」

ルナの糸が舞い乱れ、果物が美しくカットされた。

ただ切るだけではなく、リボンのような飾り切りまでされている。

「こ、こんなきれいな切り方、初めて見たわ……！　一体どうやって……!?」

「花嫁修業が高じてな。まあ、趣味のようなものだ」

「趣味っていうレベルではないのだけれど……!?」

「ルナったら、また新しい技術を身に付けたのね……！　私もがんばらなきゃ……！」

「お前は大人しくしていてくれ」

カットされた果物を手に取り、みんなで砂浜に並んでかぶりつく。

「んーっ！　甘くておいしいわ！」

「初めて食べる味だな。瑞々《みずみず》しくて、いかにも南国の果物という感じだ」

「あわわわ、種を飲み込んじゃいました……！　どうしよう、お腹から芽が生えてきちゃうんじゃ……!?」

「ふふ、大丈夫よ、安心して」

青い海を眺めながら、果物を食べ終える。

「ふう、お腹いっぱいだわ！」

「南国の果物は、どれも甘くておいしいな」

ティトがふと首を傾《かし》げた。

「あれ？　そういえば砂遊びをしてから、なんだか肌がつるつるするような……？」

それを聞いたジゼルが、思い出したように手を打つ。

「そうそう、この島の砂は美肌成分を含んでいて、お肌がすべすべになるのよ」

「えっ、そうなの⁉」

レクシアはさっそく仰向けに寝そべった。

「ルナ、埋めて！　全身まんべんなく砂を掛けてね！」

「はあ、人使いが荒いな」

ルナが呆《あき》れながらも、レクシアの身体《からだ》に砂を掛けはじめる。

「私たちも手伝うわ」

「人を埋めるの、初めてです……！」

「ふふふ、砂がくすぐったくて変な感じがするわ！」

やがて、レクシアは首から上を残してすっかり埋まってしまった。

「これで満足か？」

「苦しくないですか？」

「ええ！　あったかくて重たくて心地良いわ。これでお肌がつやつやになるのね！」

レクシアはすっかりご満悦だ。

「みんな、ありがとう！　飲み物でも飲んで休憩していいわよ」

「確かに、動いたら喉が渇いたな」

作業を終えたルナたちは、ビーチチェアに腰掛けて休憩する。

ルナはふと、テーブルに置いてある木の実に目を留めた。

「ん？　これは……木の実のジュースか」

「ええ、レクシアさんにあげたものだけれど、飲みかけかしら？　まだ中身がかなり残っているわね」

「レクシア、もらうぞ」

声を掛けるが、レクシアはご機嫌で鼻歌を歌っている。

ルナは木の実のジュースを手に取ると、ストローで飲んだ。

「ん。おいしいな。ティトも飲むか？　水分補給は大事だぞ」

「はい、ありがとうございます！　ごくごく……ぷはぁっ！　ジゼルさんもどうぞ！」

「ありがとう、いただくわ。……あら？　このジュース、いつもより甘いような……？」

「なになに？　みんな、なに飲んでるのっ？」

レクシアが砂に埋まったまま、首を捩《よじ》って振り返る。

そして木の実のジュースをシェアしているルナたちを見るなり、声を上げた。

「あーっ、その木の実のジュースは……！　だめえええええええええっ！」

「えっ⁉」

レクシアはなんとか駆けつけようとするが、砂に埋もれながらもぞもぞと蠢《うごめ》くだけで、砂から出ることができない。

「大変、出られないわ⁉　ルナ、出して～～～～！」

「やれやれ、忙しい奴《やつ》だな。何をそんなに慌てているんだ？」

ルナは砂をよけると、レクシアを引っ張り出した。

するとレクシアは一目散に駆け寄り、ジュースが入っていた木の実を持った。

「ないっ！　これ、全部飲んじゃったの⁉」

ルナたちはきょとんと首を傾げた。

「ああ、そうだが……？」

「す、すみません、みんなで飲んじゃいました……！」

「もし良かったら、新しいのがあるわよ」

ジゼルが別の木の実を差し出すが、レクシアはぶんぶんと首を振った。

「そうじゃないの！　そうじゃなくてっ……！」

「どうしたお前、様子がおかしいぞ」

するとレクシアは、涙目で白状した。

「実は……ルナたちが飲んだ木の実のジュース……媚、媚、媚薬入りなのよ～っ！」


「「「え――えええええええっ!?」」」

「媚薬《びやく》って、遺跡で見つけた、あの媚薬ですか!?」

「なぜそんなことをしたんだ!?」

レクシアは気まずそうに指を付き合わせる。

「だって、ユウヤ様に媚薬を飲ませるためには、怪しまれないように飲み物に混ぜなきゃいけないでしょ？　だから試しに、ほんのちょ～っとだけ混ぜて、試してみようと思ったの。……そしたら手が滑って……全部入れちゃって……」

「バカなのか!?」

「バカとはなによー!?」

ルナはレクシアに詰め寄っていたが、くらりと目眩《めまい》を覚えて額を押さえた。

「ん……なんだ……急に、身体が熱く……」

「だ、大丈夫、ルナっ？」

レクシアが慌てて支えようとするが、ルナはそのままレクシアを砂の上に押し倒した。

「きゃっ⁉　ちょ、ちょっとルナ⁉」

慌てるレクシアの頬を、ルナの細い指が撫《な》でる。

「レクシア……前から思っていたが、お前……可愛《かわい》いな」

「きゃあああ⁉　何を言い出すのよルナ、目を覚まして～っ！」

「む……お前がしょっちゅう私に言っていることだろう。私だって、お前のことずっと可愛いと思っているんだぞ……普段は照れて言えないだけで」

「嘘《うそ》よー！　こんなのルナじゃないわ⁉」

「そう照れることないだろう、私とお前の仲じゃないか」

レクシアはルナを押し戻そうと手を突っ張るが、ルナはその手を握り込むと、レクシアに覆《おお》い被《かぶ》さった。

そして、唇と唇が近付き――

「ダメよ、私にはユウヤさまがっ……！　ティト、ジゼル、助けてっ……！」

しかし、ティトも目をとろんとさせながらレクシアに迫る。

「ふわぁ、レクシアさん、目は宝石みたいで、髪も陽《ひ》の光みたいでキラキラしていて、とってもきれいです……」

「ティト⁉　なんで猫酔茸を見つけた時みたいになってるの⁉」

「レクシアさんのお肌、すべすべだわ……もっと触れてもいい……？」

「ジゼル、やめ、んっ、くすぐったいわ……！　あっ、だめよルナ、それ以上は……ひゃうっ⁉」

なんとか逃げようとするも、三人に押し倒された状態では抵抗虚《むな》しく、レクシアは涙目で叫んだ。

「ごめんなさい、私が悪かったわ！　だからみんな、正気に戻ってよ〜〜〜〜〜！」


すると、海から甲高い鳴き声が上がった。

「キュイ〜！」

騒ぎを聞きつけた海竜が、尾びれで海水を撥《は》ね上げる。

バシャアアアアッ！

頭から水を被ったルナたちが、我に返った。

「はっ⁉　わ、私たちは、一体なにを……⁉」

「はわわわっ⁉　レクシアさん、すみませんっ⁉」

「媚薬入りのジュースを飲んだら、急に身体が言うことを聞かなくなって……⁉」

「みんな、元に戻ったのねっ！　海竜のおかげで助かったわ……！　ありがとう！」

レクシアは海竜たちに手を振って礼を言うと、ルナたちに向かって上気したままの頬をぷぅっと膨らませた。

「もう、私一人で大変だったんだから！　みんなしっかりしてよね！」

「いや、元はと言えばお前のせいなんだが……？」

「でも、薬の効果が切れて良かったです……！」

真っ赤になりながら胸をなで下ろすティトに、ジゼルも同意する。

「ええ……もしかしたら、長い間に劣化して、効果も薄れていたのかもしれないわ。本来はもっと強力なもので、一生効果が続くと伝えられていたから……」

「い、一生、ですか⁉」

「そんなにすごい薬だったの⁉　あーん、一生ユウヤ様と熱々になれるはずだったのに、私の媚薬が～……！」

「自業自得《じごうじとく》だ」

涙目のレクシアに、ルナが頬に紅潮の名残を残しつつツッコむ。

こうして媚薬騒動は幕を閉じたのだった。


それ以降も、一行は砂浜と海を全力で楽しんだ。

徐々に日が傾く中、着替えて準備を調える。

「ふわぁ、楽しかったです！」

「ええ。まさかこんな風にお友だちと遊ぶことができる日が来るなんて……」

「思いっきり遊んで、めいっぱい元気を充塡できたわね！」

ルナがふとアウレア山を仰ぎ、その上空を指さした。

「見ろ。星が三つに増えている」

「！　本当だわ……！」

薄暮の空に、青い星が三つ、不気味に輝いている。

アウレア山から地鳴りのような音が響いた。


ドオオオオオオオオ……！

四人は不敵に火口を睨《にら》み上げる。

「どうやら、敵もお待ちかねのようだな」

「ええ！　異星獣だろうが何だろうが、こてんぱんにやっつけてやるわ！」

集落へ戻ると、島民たちがアウレア山を見上げていた。

「ああ、もうすぐにでも噴火しそうだぞ……！」

「凶星はまだ三つ……あと四日は猶予があるはずなのに、なぜ今回に限ってこんなに早いんだ……！」

怯《おび》えていた人々が、レクシアたちに気付く。

「あっ、お嬢ちゃんたち！」

「本当に行くのかい？　相手は得体の知れない獣なんだろう？」

心配そうに声を掛けてくる島民たちに、レクシアは自信たっぷりの笑みで応えた。

「心配ないわ！　めいっぱい元気を充塡して、準備は万端よ！」

「いい報告ができるよう、最善を尽くすさ」

「私たちがジゼルさんを守ります！　安心して待っていてください！」

ジゼルも、不安げな島民たちに柔らかく微笑《ほほえ》む。

「行ってくるわ。レクシアさんたちと一緒なら大丈夫よ。心配しないで」

「ああ、どうか無事で……気を付けるんじゃよ」

「ジゼルをよろしく頼みます……！」

島民たちの祈るような視線に見送られて、集落を後にする。

レクシアは、夕陽に照らされて赤く染まったアウレア山を睨み上げた。

「さあ、いよいよ決戦よ！」


こうして、四人は鳴動するアウレア山へと向かったのだった。

＊＊＊

その頃。

遠く離れた砂漠の国——サハル王国の王立図書館に、一人の人物が居た。

「さすがは歴史あるサハル王国だね。古文書や貴重な文献の数々……魔術師や研究者なら垂涎《すいぜん》ものだ」

そう言って本棚を見渡しているのは、ティトの師匠グロリアであった。

ティトからアウレア山の噴火に関する手紙を受け取ったグロリアは、サハル王国が誇る図書館で文献を調べていた。

天井まで届く本棚の間を歩きながら、古い背表紙に鋭い視線を這《は》わせる。

「アウレア山の噴火に関する手がかりか……見つかるといいんだが」

サハル王国は魔法に造詣《ぞうけい》の深い国ということもあり、王立図書館にはあらゆる古書が保管されていた。

世界各地の伝承や伝説、貴重な石碑を写した写本などもある。

常人は立ち入りを禁止されているが、邪悪な存在から世界を守る使命を帯びた『聖《せい》』の一角であるグロリアは、特別に入室の許可を得ていた。

弟子から送られてきた手紙を思い出して、切れ長の瞳がふっと柔らかく和む。

「しかしまさか、ティトがアルセリア王女の旅の一員として、いくつもの国を救ったなんてね……あの子も成長したもんだ。それもこれも、レクシアくんとルナくんのおかげだね」

グロリアと共に生活をしていた頃、ティトは内気で、弱い心を制御することができずに暴走してしまうことがあった。

しかしレクシアたちとの旅を経て、力を制御する術を身に付け、心身共に成長しているようだった。

弟子の成長を嬉《うれ》しく思いながら、本棚から古い文献をいくつか抜き出す。

「しかし、世界を滅ぼすほどの噴火か……。活火山については長年研究しているけど、聞いたことがないね……」

その時、頁《ページ》をめくっていたグロリアの手がぴたりと止まった。

「ん？　これは……――！」

その目が鋭く尖《とが》る。

「……まずい、すぐにハルワ島に向かわなければ……！」

グロリアは準備を調えると、すぐにハルワ島へと経《た》ったのだった。

第三章　異星獣

三つの青い凶星が瞬《またた》く空の下。

「ここに異星獣が潜んでいるのね……」

噴き付ける熱風に息を詰めながら、レクシアが火口を睨み付ける。

あの後、レクシアたちはアウレア山に登り、山の頂上に立っていた。

火口からは凄《すさ》まじい熱気が立ち上り、周囲の景色さえもぐらぐらと煮えているようだ。

ジゼルが精霊術によって四人に風の膜を張って保護しているが、風の膜越しにも焼け付くような熱気が伝わってきた。

「うう、すごい熱です……！」

「もし生身であれば、一瞬で蒸発してもおかしくないな」

「もしかしたら、ジゼルが生贄《いけにえ》としてこんな恐ろしい所に身を捧《ささ》げられていたかもしれないなんて……許せないわ」

ジゼルも青ざめながら、熱気の立ち上る火口を見て喉を鳴らす。

「本当にここに、異星からきた獣が……？」

「さあ出てきなさい、異星獣！　私たちが相手よ！」

レクシアが凛《りん》と声を張った。

まるでその声に応えるように地面が揺れ、空を破るような轟音《ごうおん》が響き渡る。


ドオオオオオオオオオオ……！


穴の底から、ぼこぼこと溶岩がせり上がってくる。

「来るぞ！」

ルナの声を合図に、四人は身構えた。

そして——


「グギャアアアアアアアアッ！」

ひび割れた咆哮《ほうこう》と共に、一匹の獣が姿を現した。

「これが異星獣……！」

火口から飛び出したのは、黒い岩石を纏《まと》った獅子《しし》だった。

「グルルル……！」

牛のように巨大な体軀《たいく》。

太く頑丈な四肢に、ごうごうと燃え立つたてがみ。

鋭い牙の間から溶岩が滴《したた》って、岩肌がじゅうううっと溶ける。

「グギャアアアアアアアアアアアッ！」

岩石の獣は雄叫《おたけ》びを上げるなり、勢いよく地を蹴った。

「避《よ》けろ！」

四人がとっさに避けた一瞬後、獅子の前肢《まえあし》が振り抜かれ——

ゴガアアアアアアアアアアアッ！

その軌道上にあった巨大な岩が、一瞬にして粉々に吹き飛ぶ。

「な、なんて威力なの……!?」

強大な力を目の当《ま》たりにして、ジゼルが引き攣《つ》った悲鳴を漏らす。

「グルルルル……！」

獰猛《どうもう》に牙を剝《む》き出す獅子を前に、ルナが糸を構えた。

「なるほど。この殺気、カイザー・ファングに匹敵する……いや、やや上回るか」

「でも、私たちの敵じゃありません！」

異形の獣を見据えて、レクシアも不敵に吠《ほ》える。

「ええ！　異星から来た獣だかなんだか知らないけど、ここで決着を付けるわ！　みんな、お願い！」

「ああ！　行くぞ、ティト！　『乱舞』！」

「はいっ！　【烈爪】！」

レクシアの合図を皮切りに、ルナとティトが飛び出した。

糸の束と真空の刃が殺到し、岩肌を削りながら岩石の獅子に迫る。

「グギギギギギ！」

獅子は跳び退《しさ》ってその攻撃を避けると、大きく息を吸い込んだ。

「グギャアアアアアアアアアアッ！」

ゴオオオオオオオッ！

真っ赤な口蓋から灼熱《しゃくねつ》の炎が迸《ほとばし》る。

しかし逆巻く獄炎がルナとティトに届くよりも早く、ジゼルが叫んだ。

「『風よ、吹き荒れよ』！」

ジゼルの声に呼応して突風が巻き起こり、炎の攻撃を吹き散らす。

「グギャギャッ⁉」

「ありがとうございます、ジゼルさん！」

「ええ！」

「ギャギャ、ギャ……！」

攻撃を無効化されて怯《ひる》む獣に、ティトが誇らしげに叫ぶ。

「炎なんて怖くありません！」

「こちらにはジゼルがいるからな！　さあ、一気に畳みかけるぞ！」

「はい！」

ルナとティトが猛攻を仕掛ける。

「グギャアアアアアアッ！」

激しい応酬に、ジゼルが目を瞠《みは》った。

「すごいわ、ルナさんもティトさんも、密林の時以上に強い……！　あの時でさえ、全力じゃなかったってこと……⁉」

「これまでもっと凶悪な相手と戦ってきたんだもの！　異星獣なんて目じゃないわ！」

「ギャギャアアアアアアア！」

獅子が反撃に出ようと身を沈める。

その瞬間、ジゼルが地面に手を付けて叫んだ。

「『大地よ、枷《かせ》となれ』！」

ゴガガガガガガガッ！

「グギャ、ギャ……！」

たちまち獣の足元の岩が盛り上がり、四肢を捕らえた。

そこを狙って、ルナとティトの技が炸裂《さくれつ》する。

「悪いが、お前ごときにこの世界は好きにさせん」

「これで終わりですっ！」

「『乱舞』！」

「【奏爪】！」

糸と爪が交錯する。

鋭い斬撃の嵐が、岩石の獣を引き裂いた。

ズバアアアアアアアアアアアアアアッ！

「グギャアアアアアアっ⁉」

夕暮れの空に引き攣るような断末魔が響き渡る。

獣は横様に倒れると、黒いタールのような液体と化して大地へと溶け消えた。

「やった、異星獣を倒したわ！」

レクシアがジゼルの手を取ってぴょんぴょんと飛び跳ねる。

「これでアウレア山の噴火は防げるわね！　私たち、世界を守ったのよ！」

「え、ええ……！」

はしゃぐレクシアに、ジゼルもどこか呆《ほう》けた表情で頷《うなず》く。

しかしルナは眉を寄せた。

「……おかしいな。妙に手応えがなかった」

「はい、思った以上にあっさり倒せたというか……」

ティトも不安そうに耳を伏せる。

いくらルナとティトが強いとはいえ、異星から襲来し、世界を滅ぼす力を持った敵にしては、あまりにもあっけなかった。

「確かにカイザー・ファングと同等か、それ以上の強さではあったが……本当に異星から来た獣が、この程度のものなのか……？」

しかしレクシアは金髪を華麗に払って胸を反らす。

「いいじゃない、きっと長いこと封じ込められている間に、力が弱ってたのよ！　ともかく、これで一件落着ね！　ジゼルはもう生贄になる必要はないし、世界は守られたわ！」

「まさかこんな日が来るなんて……みんな、本当にありがとう……！」

ジゼルが涙ぐみながら礼を言う。

しかし、その時。


ゴゴ……ゴオオオオオオオオオッ！


アウレア山が不気味な鳴動を響かせ始めた。

まるで巨大な獣が身震いするかのように地面が揺れる。

「な、なに、この揺れは⁉」

「先程よりも強いぞ……！」

「まさか、火山活動が活発化しているの……⁉　どうして……異星獣は倒したのに……！」

膝を付き、激しい揺れに耐える。

その揺れの中心は、明らかに火口であった。

「あっ、見て下さい！」

ティトがはっと頭上を示す。

夜空を仰ぐと、三つの凶星が禍々《まがまが》しい紅に染まっていた。

「凶星が、赤く……!?」

「なっ……先程までは、確かに青かったはずだぞ……！」

「おかしいわ、凶星が消えるどころか赤く染まるなんて……何か嫌な予感が――」

四人の背中を、冷たい予感が走り抜ける。


ゴゴ、ゴゴゴゴゴゴ……！


火口から一際《ひときわ》不気味な音が轟《とどろ》く。

そして、はっと警戒する四人の視線の先――溶岩の底から、それが現れた。

「オ、オ、オオオオオオオオオオオオオオオッ！」

「⁉」

「なっ……なんだ、あれは──あの手は……⁉」

突如として空に聳《そび》えたそれは、煮えたぎる溶岩で形作られた、巨大な手であった。

「これは、一体……⁉」

「オオ、オオオオオ……！」

火口の深淵《しんえん》から不気味な唸《うな》り声が轟き、小さな村であればひと息に叩《たた》き潰せそうなほどに巨大なその手が、何かを探すように彷徨《さまよ》う。

その様子は、まるで溶岩の巨人が火口から這《は》い出そうともがいているようだった。

そして巨人の手は、呆然《ぼうぜん》と佇《たたず》む四人に狙いを定めたかと思うと、一気に叩き潰そうとしてきた。

「きゃあああああっ！」

悲鳴を上げるジゼルとレクシアを背に庇《かば》って、ルナとティトは即座に迎撃した。

「『乱舞』！」

「【烈爪】っ！」

切れ味鋭い糸と真空波が乱れ飛ぶ。

しかし。

「なっ……⁉」

「オオオオオオオオオオオオオ！」

巨人の手は、たったのひと薙《な》ぎでその攻撃を蹴散らしたのだ。

「こ、攻撃が通用しない……⁉」

「そんな……！」

唖然《あぜん》と立ち尽くす四人の前で、巨人の手が火口の縁を摑《つか》む。

ぼこぼこと溶岩が湧き立ち、火口から巨大な顔が現れた。

「あれ、は……──！」

「溶岩の、巨人……⁉」

「オオオオオオオオオ！」

どろりと濁った目でレクシアたちを見据えているのは、溶岩でできた巨大な顔であった。

「オオオオオオオオオオオオ……！」

巨人は空を破るような咆哮《ほうこう》を上げると、まるで邪魔な虫を握り潰そうとするように、四人へ手を伸ばす。

「レクシア、ジゼル、逃げろ！　私たちが時間を稼ぐ！　──『螺旋《らせん》』！」

「【旋風爪】っ！」

ルナとティトが技を放つ。

しかし溶岩の手は、あっさりとそれを叩き潰した。

「あ、あ……」

「くっ、ダメだ。歯が立たない……！　一旦退却するぞ、ティト！」

「はい！」

「オオオオオオオオオオオオオオ！」

ルナがレクシアを、ティトがジゼルを連れて跳び退《しさ》ろうとするが、それを凌《しの》ぐ速さで巨大な手が迫る。

「だめ、みんな潰されちゃう……！」

レクシアが悲鳴を上げた刹那、甲高い鳴き声と共に上空に影が差した。

「クエエエエエッ！」

「私の大事な弟子に手を出すんじゃないよ！」

「！　この声は……⁉」

凛《りん》とした声が響き渡るや、四人は反射的に地に伏せる。

同時に、鳥のような魔物から一人の人物が飛び降りてきた。

その人物は空中で腕に白い光を纏《まと》わせると、真下の手に向けて思い切り叩き付ける。


「喰《く》らえ――【雷轟爪】ッ！」

ドゴオオオオオオオオオオオオオオオッ！


「オォ、オオオオオオオ……！」

夕暮れの空に、純白の光の柱が噴き上がる。

凄《すさ》まじい力の奔流を浴びて、溶岩の手がひしゃげて潰れた。

さらにそれだけでは飽き足らず、周囲の岩ごとごっそりと陥没していく。

「な、なんて力だ……！」

「これは……この光は……！」

テイトが目を見開く。

ティトの視線の先で、その人物は軽やかに着地した。

振り返り、黒くしなやかな尾を揺らして笑う。

「どうやら間に合ったみたいだね」


「し……師匠！」

「「グロリア様！」」

ティトの顔が輝き、レクシアとルナの声も重なる。

鳥型の魔物──【ヴィークル・ホーク】に乗って四人の危機に駆けつけたのは、『爪聖《そうせい》』グロリアだった。

「こ、この方が、ティトさんのお師匠様……？　ということは──」

ジゼルの呟《つぶや》きに、グロリアは頷いた。

「ああ、君がジゼルくんかい？　ティトの手紙を読んで知っているよ。初めまして、『爪聖』のグロリアだ。弟子が世話になってるね」

「ほ、本物の『爪聖』様……!?」

声を裏返すジゼルに頷いて、グロリアはレクシアとルナに視線を移した。

「レクシアくんとルナくんも、久しいね。怪我《けが》はないかい？」

「ええ、ありがとうございます！」

「師匠、来てくれたんですね！」

「ああ。だが、話は後だ」

「オオ、オオオオオ……！」

ぐつぐつと煮えるような音に振り返る。

すると、粉々になったはずの手の破片——周囲に飛び散った溶岩が浮かび上がっていた。

「な……!?」

驚く一行の前で、溶岩は一箇所に集まると再び手の形に戻っていく。

「さ、再生してる……!?」

「あの攻撃を受けて消滅しないだと……!?」

「あの巨人は一体……!?」

溶岩の手は、『聖《せい》』の全力の攻撃を受けたにもかかわらず、完全に復活を遂げていた。

「オ、オ、オオオオ……！」

巨人の目が獲物を探すようにぎょろぎょろと動き、溶岩の手が這いずり回る。

その様子を見て、グロリアが鋭く目を眇《すが》めた。

「これ以上奴《やつ》を刺激すると危険だ。一旦離れよう」

グロリアが指笛を吹くと、岩場に三羽のヴィークル・ホークが降り立った。

ルナがレクシアを、ティトがジゼルを伴って乗る。

「そ、空を飛ぶ魔物に乗るのは初めてだわ」

「大丈夫です、しっかり掴まってください！」

「クエエエエエッ！」

ヴィークル・ホークが翼を広げて飛び立った。

「オオオオオ……！」

巨人は自分にとって邪魔な存在がいなくなったのを悟ったのか、ずるりと火口へと沈んでいった。


ゴオオオオオオオオ……！


溶岩の渦巻く火口を見下ろしながら、レクシアが呻《うめ》く。

「一体何なのよ、あの溶岩の巨人は……!?」

「分からない、分からないが……何か、恐ろしい存在であることは間違いないな……！」

島の集落を目指しながら、レクシアたちはこれまでの経緯をグロリアに説明した。

「私たち、密林の遺跡に残された石板で、アウレア山の噴火の原因が、異星から来た獣──異星獣だということを突き止めたんです！」

「そこでアウレア山に乗り込んだところ、火口から異星獣が現れました。岩でできた獅子《しし》のような獣でしたが……その獣を倒したにもかかわらず、凶星が消えなかったのです」

「それどころか、青かったはずの凶星が赤く染まっちゃいました……！」

「それに、あの溶岩の巨人は一体……」

グロリアはレクシアたちの話に耳を傾けていたが、全て聞き終えると硬い声で告げた。

「君たちが倒した岩石の獅子は、異星獣じゃない。異星獣の眷属だ」

「眷属《けんぞく》、ですか……？」

おうむ返しに問うジゼルに、グロリアは頷《うなず》く。

「ティトの手紙を受け取ってから、私も調べてね。サハル王国の王立図書館に、古い文献が残されていたよ。異星獣は、太古の昔にアウレア山に巣喰《すく》って以来、地底深くで力を蓄え続けている……そして定期的に凶兆の時期が訪れると、その力が溢れ出し、眷属となって地上に現れることがあるそうなんだ」

「なっ⁉」

ルナが引き攣《つ》った声を上げる。

「それでは私たちが倒したあの獅子は、異星獣ではなく……その力の片鱗《へんりん》が溢《あふ》れて形を成しただけの、眷属の一匹に過ぎないということですか……!?」

「砕けていて読めなかった石板には、そのことが記されていたんですね……！」

ティトの言葉に、グロリアが頷く。

「その石板こそが原本で、サハル王国に伝わっている文献はそれを写したものだね。青い凶星が七つ揃《そろ》えば、眷属が現れる――ただ、恐らく封印の力が弱まっていたせいで、今回は青い凶星が七つ揃うのを待たずに眷属が顕現したのだろう」

ジゼルが呆然《ぼうぜん》と声を震わせた。

「そんな……じゃあ石板に書かれていた、数百年前の祖先たちが命懸けで火口に押し戻した敵も、ただの眷属だったということ……？」

「そういうことだろうね」

「じゃあ、本物の異星獣は――」

レクシアがはっと火口を見下ろす。

「まさかあの溶岩の巨人が……――!?」

「ああ。あれこそが異星獣の本体だ」

「あれが……あの巨人が、異星獣の本体……」

レクシアたちは絶句した。

ほんのわずか相対しただけだが、巨人の力はあまりに圧倒的であり、その桁外れの強さは一行の意識に鮮烈に焼き付いてしまっていた。

ティトがヴィークル・ホークの背から身を乗り出す。

「で、でも石板には、【異星の獣】と書いてありました。異星獣って、獣の姿をしているんじゃないんですか……!?」

グロリアは苦々しそうに眉を寄せた。

「それなんだが……この星には、星の心臓である核を守るための機構――『星の守護者』という存在がいてね」

「星の守護者?」

「ああ。星の守護者は溶岩の巨人の姿をしていて、星のエネルギーを奪いに来た敵を排除する役割を担《にな》っているんだ。……先程の様子を見たところ、どうやら異星獣はその星の守護者に対抗するために、同等の姿と力を身に付けたらしい」

「そ、そんな……!?」

「星の防衛機構を模倣したっていうこと……!?」

「そういうことだ。それによって、異星獣本来の強さに加えて、星の守護者が持っている力も手に入れてしまったようだ。例えば、攻撃を受けても瞬時に再生する機能も、そのひとつだろう」

「……！」

次々に明らかになる真実に、レクシアたちは声を失う。

グロリアはヴィークル・ホークにくくりつけていた鞄《かばん》から古い文献を取り出した。

「そして、古文書にはこうも書いてある。『アウレア山上空の凶星が赤く染まり、七つ揃った時、異星獣は火口から姿を現す。そして自らの力を大地に作用させて噴火を引き起こし、世界を滅ぼす』とね」

「赤い凶星……！」

レクシアがはっと空を見上げる。

アウレア山の上空には、真っ赤に燃える星が三つ瞬《またた》いていた。

「先程奴が一部だけ姿を現したのは、君たちという予定外の脅威を排除するためだろう。奴は今、火口の底でこの星のエネルギーを吸い上げ、最後の準備に入っている……そして伝承通り、赤い凶星が七個揃った時に、完全体となって姿を現すはずさ」

「じゃあ、あの巨人――異星獣本体が再び姿を現すのは、四日後ってことね……！」

レクシアが真剣な顔で身を乗り出す。

「今度こそ、本体をやっつけましょう！」

「だが、お前も見ただろう。異星獣本体の強さは未知数だぞ。おそらくこれまでの敵とは比べものにならないだろう」

ルナが硬い声で諌《いさ》め、ティトも猫耳を垂らす。

「それに、星の守護者と同等の力を持っているなんて……さっきも攻撃が通用しませんでしたし、今の私たちに倒せるかどうか……」

すると、グロリアが口を開いた。

「確かに、異星獣は世界を滅ぼすほどに強大な力を持った敵だ。これまで君たちが対峙《たいじ》してきた敵とも一線を画する。倒すのは難しいだろう。だけど……ジゼルくん。君には、異星獣を封印する力が受け継がれているはずだよ」

ジゼルが目をしばたたかせる。

「私に……？」

「！　もしかして、精霊術のことじゃない？」

声を弾ませるレクシアに、グロリアは頷いた。

「そうだ。ジゼルくんに宿っている不思議な力……精霊術は、自然や元素に宿る精霊から力を得ているんだ」

「精霊？」

「ああ。目には見えないが、この世界には精霊と呼ばれるものが存在していてね。精霊は万物に宿り、常に自然や私たちを取り巻いている。世界そのものに散在するエネルギーのようなものだ。そのため精霊が豊かな地は富み、精霊が乏しい地は痩せると言われている……らしい。まあ文献で読んだだけで、私も見たわけではないんだけどね」

　グロリアは軽く肩を竦《すく》めて続けた。

「普段、精霊が私たちに干渉することはなく、また私たちからも精霊を知覚することはできない。だが、唯一精霊たちから力を借りることができる術がある」

「それが、精霊術……」

　ジゼルの呟《つぶや》きに、グロリアは頷いた。

「精霊術は、この島の限られた人間だけに発現する特別な力だそうだね。古文書によると、遥《はる》かな昔、アウレア山に異星獣が巣喰った際に、世界の危機を悟った精霊たちが、素質のある人間に異星獣に対抗する力を授けたらしい。そして周期的に眷属が溢れる時期が来るたびに、精霊術を宿す人間が生まれるようになったのだろう」

「そうだったのね！　精霊術は、この世界を守るために精霊たちから授かった力だったんだわ！　すごいわ、ジゼル！」

ヴィークル・ホークから落ちそうなほど興奮するレクシアを押さえながら、ルナはグロリアに疑問を投げかけた。

「しかし、これまでもジゼルの先祖たちが、精霊術でアウレア山の噴火を阻止しようとしてきたとのことですが……生贄《いけにえ》という形で眷属の出現を阻止するだけで、異星獣本体の封印には至っていないようです」

「そのようだね。これまで精霊術を宿して生まれた人たちは力が弱くて、その身体《からだ》ごと火口に身を投じることで、なんとか眷属を食い止めるしかなかったんだろう。だが異星獣本体が目覚めるとなれば、より強い精霊術を持った人間が生まれるはずさ。それがジゼルくんなんだ」

「私にそんな力が……」

「ああ。そして、異星獣が火口から姿を現した時に強大な精霊術によって正しく封印すれば、異星獣は今後数千年は目覚めない……と、古文書には書いてある」

ジゼルは不安そうに眉を下げた。

「異星獣を正しく封印する……私にそんなことができるでしょうか……」

「心配することはないさ。君は私から見ても、とても強い力を秘めている。大切なのは、自分を信じることだ。――それに、君は一人じゃないだろう」

ジゼルがはっと顔を上げる。

その視線の先で、レクシアたちが頼もしく笑った。

「任せて、私たちが全力で支えるわ！」

「ああ。先程は後れを取ったが、まだ四日の猶予がある。対策を練るには十分だ」

「何があっても、ジゼルさんを守ってみせます！　任せてください！」

レクシアたちの真剣なまなざしを受けて、ジゼルが力強く頷く。

「分かったわ。やってみる！」

「その意気だ」

決意を固めたジゼルを見て、グロリアも目を細めたのだった。


ヴィークル・ホークは、夜の砂浜に着陸した。

ジゼルは優しくヴィークル・ホークの首を撫《な》でる。

「すごい、大きくてもふもふだわ……人を乗せて飛ぶなんて、力持ちなのね」

「クエエエエッ」

「ふふ。よしよし、ここを撫でると気持ちがいいのね」

「クエ、クエ～ッ」

「さすがジゼルさん、あっという間に懐《なつ》かれちゃいましたね！」

「運んでくれてありがとう、助かったわ！」

「クエ、クエ、クエ～っ」

「あっ、ダメよ、かじらないで～！」

「お前はまた変な懐かれ方をしてるな」

ルナはヴィークル・ホークに頭をかじられているレクシアを見て呆《あき》れていたが、ふとアウレア山の頂上に目を馳《は》せた。

「決戦は四日後か。むざむざ負ける気はないが……正直、厳しい戦いになるだろうな」

「はい……」

ティトも硬い表情で頷《うなず》く。

先程の戦いで、異星獣——溶岩の巨人は、ルナとティトの攻撃をあっさりと無効化した。

その上、『爪聖《そうせい》』であるグロリアの攻撃を受けてなお、瞬時に再生してしまったのだ。

グロリアも同意する。

「ああ。なにしろ敵は強大な力を持つ異星の獣だ、一筋縄ではいかないだろう。奴《やつ》を完全に封印するためには、少なくとも極限まで力を削《そ》いで弱らせる必要がある。私ももちろん参戦するが……正直、星の守護者と同等の力まで手に入れた敵を一人で相手にするのは心許《こころもと》ない」

ルナが唇を引き結び、ティトがごくりと喉を鳴らす。

グロリアはそんな二人を見て、口《くち》の端《はし》に笑みを浮かべた。

「そこで——私が君たちに修行をつけよう」


「師匠が⁉」

ティトが驚く。

グロリアはティトの師匠ではあるが、ティトが内気で力の扱いが不安定だったこともあり、あまり厳しい修行を課したことがなかったのだ。

しかしグロリアはふっと笑った。

「これまでは、私に甘さがあり手心を加えてしまっていたが、そうも言っていられない事態だ。それに君たちは既に三つの国を救った英雄だ、多少の修行で音を上げるほどやわじゃないだろう。全力でいかせてもらうよ」

「は、はいっ！」

「よろしくお願いします！」

ルナとティトが頭を下げ、そんな二人を見たジゼルも気合いを入れる。

「私も、もっと精霊術を鍛えないと……！」

「よーし、そうと決まったら……」

レクシアがアウレア山の上空に輝く凶星をびしりと指さした。

「決戦に向けて、修行開始よっ！」

こうして、修行の日々が幕を開けたのだった。

＊＊＊

次の日から、グロリアによる特訓が始まった。

「まずはルナくんからだね」

「はい、よろしくお願いします」

ルナは砂浜で、グロリアと向かい合っていた。

「ルナー、がんばってー！」

「ルナさん、応援してるわ……！」

レクシアがぴょんぴょんと飛び跳ねる横で、ジゼルも声を上げる。

しかし、ルナは硬い表情で唇を引き結んでいる。

ルナの緊張した面持ちを見て、グロリアが首を傾《かし》げた。

「どうした、不安そうだね」

「……溶岩の巨人には、私たちの攻撃が届きませんでした。果たして私たちが戦力になり得るかどうか……」

ルナは、昨日の戦いで糸が一瞬にして散らされたことで、己の実力が異星獣に届くかどうか疑問を抱いてしまったのだ。

グロリアも頰を引き締めて頷く。

「今回は苦しい戦いになることは間違いない。でも、諦めるわけにはいかない。これまで数多《あまた》の強大な敵と戦ってきたルナくんには、奴に対応できる素質があると思うんだ」

「え？」

「説明は後だ。ひとまず、全力で掛かってきてくれるかい？」

「！　はいっ！」

ルナは糸を構えた。

「行きます──『乱舞』ッ！」

ヒュンッ！　シュパパパパパッ！

グロリアに向かって、切れ味鋭い糸が舞い乱れる。

しかしグロリアはそのことごとくを軽々と避《よ》けた。

「る、ルナの攻撃が、全部避けられちゃった⁉」

「さすがは『爪聖』様だわ……！」

レクシアとジゼルが驚愕《きょうがく》に目を見開く。

一方、グロリアも糸の猛攻をかいくぐりながら感嘆していた。

「なるほど、これはすごい。こんな特殊な武器、扱いが難しいだろうに、よほど鍛錬を重ねたんだろうね」

次々に繰り出される糸を、グロリアはしなやかに躱《かわ》していく。

「くっ、本気を出しているのにかすりもしないとは……！　さすがは『爪聖』様……！」

ルナは糸を操りながら歯を食い縛った。

グロリアのスピードは凄《すさ》まじく、その姿を視界に入れるのが精一杯で、捕らえたと思った次の瞬間には別のところに移動しているのだ。

「ならば、先に動きを封じさせてもらう！　――『監獄』！」

「おっと」

グロリアを囲むように糸が張り巡らされ、グロリアが一瞬足を止める。

すかさず、ルナは指に絡《から》めた糸を引いた。

「はっ！」

グロリアを囲む無数の糸が、一気に収束する。

しかし。

糸が完全に収束する寸前、グロリアは張り巡らされた糸を足場にすると、ルナに向かって弾丸のように突っ込んだ。

レクシアの悲鳴が響く。

「ルナ、危ない！」

「く……ッ！」

ヒュッ！

目前まで迫ったグロリアに向かって、ルナはとっさに手刀を突き出す。

しかしグロリアは軽く身を捻《ひね》って、至近距離から放たれた攻撃すらも華麗に交わした。

そしてすれ違いざま、ルナの背中を爪が触れるか触れないかの強さでトトトッ、と連打したのだ。

「っ⁉」

ルナが思わずつんのめって立ち止まる。

「ルナ、大丈夫なの⁉」

「グロリア様、今、ルナさんに何かしたような……？」

レクシアとジゼルが不安そうな声を上げる。

「い、今のは一体……──」

ルナは戸惑いながらグロリアを振り返り──はっと気がつく。

「な、なんだ、これは……身体《からだ》が、軽い……？」

「えっ⁉」

「うん、上手《うま》くいったようだね」

グロリアが笑う。

ルナは信じられない思いで両手を見下ろした。

グロリアが背中を突いた瞬間、まるで重しを外したように身体が軽くなったのだ。

それだけではなく、指の先までエネルギーが満ちている。

「これは一体……？」

「『気』の流れを解放したんだ」

「「気の流れ？」」

「そう」

仲良く合唱するレクシアたちに、グロリアは笑って黒い尾を揺らした。

「ルナくんの肉体は、非常にしなやかで強靱《きょうじん》だ。厳しい鍛錬に裏打ちされた、確かな強さを備えている。……だが、少し無理が祟《たた》っているね」

「無理、ですか？」

「旅に出てからというもの、激しい戦闘が続いていたんじゃないかい？」

「それは……はい」

ルナは素直に頷いた。

レクシアと共にアルセリア王国を発《た》って以来、立て続けに強大な敵と対峙《たいじ》し、常に全力の戦闘を強いられてきた。

自覚はなくとも、その負担が少しずつ降り積もっていたのだとグロリアは言う。

「『気』というのは、魔力と同じく、全身を巡る力さ。私たちの身体は、筋肉や骨、血管、神経等が絡み合い、複雑に折り重なって構成されている。そしてどこかに過度な負担が掛かると、その箇所が軋《きし》んで気が滞ってしまうんだ。ルナくんは、立て続けに身体を酷使したことで、その症状が強く出ている。そこで輝孔に『聖《せい》』の力を流し込み、滞っている気を解放することで、ルナくんの本来の力を引き出したんだ」

「輝孔、ですか？」

「気の流れの要点にある、ツボのようなものだね。その輝孔《きこう》を突いて気の流れを解放することで、爆発的に本来の力を取り戻すことができるのさ。試しに背中の輝孔を突いてみたが、効果はあったようだね」

「そんな未知の技術があるの⁉　グロリア様、すごいわ！」

「やっぱり『聖』の方は特別なのね……」

　レクシアとジゼルが感心する。

「それではこれが、私本来の力なのか……」

「いいや。それはまだ序の口――ほんの一部を解放しただけだ。ルナくんの力はそんなものじゃないよ」

　驚くルナに、グロリアは目を細める。

「『剣聖《けんせい》』――イリスは、マッサージというやり方でこれに似た技術を習得しているらしいけれど、私は爪を使ったこの方法の方が性に合っているのでね。ただし、輝孔を突くやり方は、全力で戦っている間――身体が極度の緊張状態にある時に施術しなければ、最大限の効果を発揮できない」

　ルナは腰を落として構えた。

「……つまり、グロリア様と本気で戦いながら、気を解放してもらうしかないということですね」

「理解が早くて助かるよ」

　グロリアは太い笑みを浮かべると、軽く両手を広げた。

「どうか遠慮せず、全力で掛かってきてほしい。ルナくんが本気であればあるほど、この施術は意味をなすからね」

「まさか、『爪聖《そうせい》』様と本気の一戦を交えることになるとは……だが、そういうことであれば」

　ルナは大きく息を吸うと、両手の糸を構えた。

「全力で行きます！　『桎梏《しっこく》』！」

　糸を放つと同時に地を蹴る。

　糸を避けて跳躍したグロリアに追随して、至近距離から鋭い蹴りを繰り出した。

「はっ！」

　グロリアはその一閃《いっせん》を仰《の》け反って躱すと、ルナの脚に爪を軽く撃ち込んだ。

続けざまにグロリアの尾が、ルナのみぞおちを狙ってしなる。

「くッ……！」

ルナはみぞおちを強打される寸前でなんとか地面に転がって避けた。

飛び起きるや、糸の束を放つ。

「『螺旋《らせん》』！」

ギュルルルルルルルルッ！

ドリル状に旋回する糸がグロリアに迫る。

しかしグロリアは避けなかった。

それどころか真っ正面から迎え撃つと、ドリル状になった先端にとんっ、と爪を立て
――糸の束がばらばらと解けた。

「な……⁉」

「う、うそ……！」

「ルナの糸を、あんなにあっさり……⁉」

息を詰めて見守っていたレクシアたちも声を引き攣《つ》らせる。

さらにグロリアは、驚くルナの横を駆け抜けざま、手首から腕まで駆け上るように輝孔を突いた。

「……！」

その瞬間、ルナの腕で詰まっていた気が解放され、腕が軽くなるのが分かった。

「はぁっ、はぁっ……！　戦いながら、絶妙な力加減で狙い違《たが》わず輝孔を突くとは……！

さすがは『爪聖』様……！」

「どうした、そんなものかい？」

グロリアが口角を吊《つ》り上げ、ルナも不敵な笑みで応えた。

「いいえ、まだです！」

糸と爪が激しく交錯する。

その攻防を遠巻きに見ていたレクシアが息を呑《の》んだ。

「二人ともすごいわ！　ここからじゃ、何が起きているか全然分からない……！」

ルナとグロリアの戦闘は、視野に捕らえる事が難しいほどに速く、激しかった。

攻撃を交える度に、ルナの気は全身へ巡っていく。

「まさか、今まで十全の力を発揮できていなかったとはな……！」

ルナは自らの変化に驚きながら糸を振るった。

可動域が上がったことで四肢がしなり、糸の速度と威力はより上がっていく。

「今なら……！」

ルナは腕にありったけの力を込めた。

そして。

「『螺旋』！」

糸を撃ち出すと同時に力が弾《はじ》けた。

糸の束が激しく回旋し、暴風を伴いながらグロリアへと向かう。

ギャリリリリリリリリィィィイイイイッ！

「そう何度も同じ手を使ったって無駄だよ！」

グロリアは先程同様、爪で迎え撃とうとし――

「『白龍』！」

ゴオオオオオオオオオオオオオオオオオッ！

ルナが腕を振るうやいなや、回旋する糸の束が龍のごとくうねりながら威力を増した。

「ッ……!?」

凄《すさ》まじい圧に、グロリアの全身の毛がぶわりと逆立った。

とっさに砂浜に転がって避ける。


ズガガガガガガガアアアアアアアッ！


糸の龍はグロリアの長い髪を数本切り落とし、さらに砂浜を深く抉《えぐ》りながらどこまでも驀進《ばくしん》していった。

後には、まるで巨大な生き物の爪痕のような深い溝が残される。

「は……」

その威力に、ルナは思わず立ち尽くした。

「え、えええええ……えええええええええええ!?」

レクシアとジゼルが興奮した声を上げる。

「ルナ、今のはなに!?　今までだって充分すごかったのに、さらに威力が上がるなんて……一体どうやったの!?」

「す、すごい威力だったわ……これなら溶岩の巨人も貫けるんじゃ……!?」

グロリアが噴き出す。

「ふっ……ははは！　やるじゃないか！　この短時間で、まさかここまで成長するとはね！」

「あ……」

ルナは肩で息を整えながら、両手を見下ろした。

自分でも驚くほど力が満ちている。

さらに可動域が上がり、バネが強くなったことで、元来の強みだった切れ味と速度に加えて、爆発力までも備えたのだった。

顎に流れる汗を拭って、グロリアに向き直る。

「まさか、気の流れを解放するだけでこれほどまでに強くなるとは……ありがとうございます」

「礼など必要ないさ。それは君が本来持っていた力だ。私はそれを解放するために、少し手伝っただけだからね」

グロリアは笑うと、腰を落として身構えた。

「とはいえ、まだ解放したばかりで、身体《からだ》に馴染《なじ》んでいないだろう。さらに使いこなせるよう、特訓を重ねるよ」

「はい、よろしくお願いします！」

ルナはいっそう顔を引き締めると、糸を構えたのだった。

＊＊＊

ルナの修行が一段落し、ルナが休憩に入った頃。

グロリアは引き続き、ティトの修行に移っていた。

「さあ、ティト！　遠慮せずにかかっておいで！」

「はいっ！　胸を借ります、師匠！」

ティトは閃光《せんこう》と化してグロリアに飛び掛かった。

「やあっ！」


キンッ！　ガキィンッ！　ガガガガガッ！


爪と爪が激しくぶつかり合い、その余波が波動となって周囲に広がる。

噴き付ける殺気に、浜辺の木々がばさばさと揺れた。

「す、すごいわ……風圧で吹き飛ばされてしまいそう……！」

師弟の本気のぶつかり合いを遠巻きに見ながら、ジゼルが掠《かす》れた声を零《こぼ》す。

レクシアも頬を引き締めながら頷《うなず》いた。

「グロリア様、本気でティトを鍛えるつもりなのね……！」

激しく交える爪からは、互いの本気が伝わってくる。

グロリアは胸中で密《ひそ》かに呟《つぶや》いた。

「（これだけ激しい戦闘でも、安定して戦えてる……随分成長したね）」

ティトはこれまでイレギュラーな状況に弱く、力にブレがあった。

しかしレクシアたちとの旅で成長し、様々な環境で多様な敵と戦ったことで、安定して力を発揮できるようになっていた。

そんなティトに、グロリアはあえて厳しい言葉を投げかける。

「甘い！　そんなことでは『聖《せい》』は継げないよ！」

「はいっ……！」

ティトが気合いを入れ直し、一層速度が上がる。

「く……！　はぁっ、はぁっ……！」

ティトは苦しそうだが、それ以上に、金色の瞳には何としてもグロリアの修行に喰《く》らい付いていこうという強い意志が宿っていた。

グロリアもその想《おも》いに応えようと、心を鬼にして弟子を鍛える。

「よし、肩慣らしはこんなところか」

「っ、ふぁぁ……い、今のが、肩慣らし……!?」

ティトは肩で息をしながら、顎に流れる汗を拭った。

一方、グロリアは顔色一つ変えずに告げる。

「水分補給をしたら、次の段階に移ろう」

「は、はいっ！」

「ティトは、見たところ『気』の流れには問題はないからね。気の使い方に重点を置いて特訓していくよ」

「使い方、ですか……？」

「そうだ。というわけで、次の修行にはこれを使うよ」

「あら？　あれって……――」

グロリアが取り出した布を見て、レクシアが目を丸くする。

ジゼルも首を傾《かし》げた。

「果物割りの時に使った目隠し……よね？」

二人の声が届いたのか、グロリアが笑う。

「その通り。ティトには今から、目隠しをして戦ってもらう」

「え、ええええええええ!?」

素っ頓狂な声を上げるティトに、グロリアは口《くち》の端《はし》を吊り上げた。

「レクシアくんに聞いたよ。なんでも、目隠しをしたまま果物を割ったそうじゃないか」

「そうそう！　ティト、すごかったのよ！」

「まるで見えているみたいに正確だったものね」

「最も重要な知覚である視覚を奪うとは、なかなかおもしろい発想だ。それを修行に応用させてもらおうと思ってね」

「ふぁああ……!?　で、でもあの時は、相手が果物だったからできましたけど……今度の相手は……」

おそるおそる窺うような目線に、グロリアは胸を張った。

「もちろん、私さ」

「あわわわ……！」

「生物には果物と違って、音や気配がある。果物より簡単さ。というわけで、目隠しした状態で私に攻撃を当ててもらおうか」

「む、無理です！　師匠に勝てたこともないのに、目隠しをしながら戦うなんて……！」

「そうかい？　レクシアくんたちとの旅を経て、随分成長したように見えたんだけどね」

「！」

ティトははっと目を見開いた。

その耳に、レクシアの声援が届く。

「ティト、がんばって！　ティトならできるって、信じてるわ！」

「……！」

ティトは背筋を伸ばし、大きな猫耳をぴんと立てた。

金色の瞳を煌《きら》めかせ、グロリアを見上げる。

「やります、師匠！　師匠に勝てるように、がんばりますっ！」

「その意気だ」

グロリアは布でティトの目を覆った。

正面に回って、距離を取る。

「さあ、その状態で私に一撃加えてみるんだ」

「はい……！」

ティトは全神経を耳に集中させた。

大きな耳が、グロリアが微《かす》かに砂を踏む音を拾い――

「えいっ！」

踏み込むと同時に、爪を鋭く突き出す。

しかしその一撃は空振りした。

グロリアの足音が右に移動する。

「そこです！【爪閃《そうせん》】ッ！」

即座に身体を捻《ひね》り、狙いを定めて技を放つ。

が。

「惜しい、こっちだ。それ！」

「わわっ！」

背後からグロリアの声がしたかと思うと、ヒュンッ、と空気を斬る音がした。

慌てて伏せたティトの頭上を、鋭い一閃《いっせん》が薙《な》ぐ。

「ううっ、全然動きが追いつけないです……！」

「や、やっぱり、目が見えない状態でグロリア様に一撃を当てるなんて、難しいんじゃないかしら……？」

「え、ええ……でも、ティトならきっと、これを乗り越えて成長できるはずよ……！」

レクシアとジゼルもはらはらしながらその戦いを見守った。

「ふっ……！」

ティトは音を頼りに攻撃を繰り出すが、グロリアの速度に追いつくことはできない。

しかも普段使わない神経を使うため、たちまち疲労が蓄積した。

「う、くっ……！」

暗闇の中で必死で戦いながら、歯を食い縛る。

「今までどれだけ視覚に頼ってきたのか、よく分かる……これまでと同じ捉え方じゃだめなんだ、意識を塗り替えなきゃ……！　足音だけじゃない……衣擦《きぬず》れ、呼吸、心音……！

もっと情報を集めないと……！」

そこまで呟いて、はっと気付く。

「そういえば……師匠、『気』の使い方について特訓するって言ってた……」

ティトは『気』を意識しつつ、耳に全神経を集中させた。

気を耳に流し込むにつれ、音がクリアになっていく。

そして風に立てた耳が、波音に混じって微かな音を捕らえ――

「【烈風爪】！」

振り向きざま、真空波を放った。

「おっと」

目前に迫った真空波を、グロリアが軽やかに避《よ》ける。

「ふふ。足音は消していたつもりなんだが……コツを摑《つか》んできたようだね」

「はぁ、はぁ……！」

ティトは肩で息をしながら、顎に流れる汗を拭った。

「師匠の『音』……覚えたかもしれない……っ！」

二人は再びぶつかった。

激しい攻防をこなす度に、少しずつティトの反応が早くなっていく。

視角を封じたまま極限状態に身を置くことで、身体《からだ》が急速に順応し始めたのだ。

「捕らえた！　これで終わりですっ――！」

ティトはグロリアの『音』目がけて光のように突進しながら、爪を振りかざす。

「【爪閃】ッ……――！」

技を放とうとした刹那、グロリアの気配が掻《か》き消えた。

「!?　師匠の『音』が、消えた……!?」

まるで生体反応そのものが消滅したように、何の音もしない。

次の瞬間、嫌な予感が背中を駆け抜ける。

「ひゃわっ⁉」

とっさに仰《の》け反ったティトの鼻先を、鋭いものが掠めた。

「ふふ、うまく避けられたじゃないか」

「うう……心音まで抑えちゃうなんて、めちゃくちゃです……！」

なんとグロリアは、重要な手がかりである心音さえ消してみせたのだ。

「『聖』ならこれくらいはできないとね」

「グロリア様、心音まで制御できるの⁉」

「一体どういうこと……⁉」

涼しい顔で肩を竦《すく》めるグロリアに、レクシアたちが戦《おのの》く。

ティトは息を整えると、再び精神を集中させた。

「音だけに頼っていたらだめなんだ……！　五感も、全て使わなきゃ……！」

気を耳や鼻に行き渡らせ、感覚を研ぎ澄ます。

香りや音だけではない、肌やしっぽで空気の流れやほんの微かな殺気を感じ取る。

「……今度こそ、勝ちます！」

ティトはグロリアの気配目がけて地を蹴った。

「やぁっ！」

鋭い爪が閃光《せんこう》と化して走る。

グロリアはティトの猛攻を躱《かわ》しながら、思い出したように強烈な攻撃を繰り出した。

しかしティトは、そのことごとくを避けていく。

「す、すごいわ、ティト……！　まるでグロリア様の動きが見えているみたい……！」

「どんどん対応が速くなっていっているわ……！」

視覚を奪った状態で師と戦うという極限状態の中で、元々鋭かった嗅覚や聴覚がさらに進化を遂げていく。

ティトの動きは、目隠しをする前と遜色なく——むしろそれ以上に研ぎ澄まされつつあった。

しかし。

「はぁっ、はぁっ……！」

足音や汗、息遣い、爪が風を切る音、殺気。

凄《すさ》まじい速度で流れ込んでくる情報が、ティトの脳内で絡《から》まり始める。

「情報の処理が、追いつかない……！」

爆発的に進化していく感覚に、身体が追いついていないのだ。

ティトの動きが鈍り、グロリアに押されはじめる。

「どうしたティト、その程度かい⁉」

「っ、く……！　だめ、このままじゃ……！」

ティトが歯を食い縛った時、錯綜《さくそう》した情報の中にレクシアの声が凛《りん》と差し込んだ。

「ティト、大丈夫よ、落ち着いて！　ティトならできるって、信じてるわ！」

「……！」

その声に、忘れていた呼吸を取り戻し、大きく息を吸い込む。

刹那、頭の中が澄み渡った。

無秩序に絡み合っていた情報が解け、急速に一点に収束していく。

そして閉じた瞼《まぶた》の向こう、右から掬《すく》い上げるように攻撃を放とうとしているグロリアの姿が浮き彫りになった。

「視えました――そこですっ！　【烈爪】！」

ヒュッ――ズバアアアアアアアアッ！

一瞬の隙を突いて、爪を振り抜く。

「！」

瞬速で撃ち出された真空波が、グロリアの速度を上回り、その鋼でできた右腕を掠《かす》めていた。

「や、やった……！」

レクシアとジゼルが、思わず手を取り合って叫ぶ。

グロリアは義手に刻まれた傷を見下ろし、ふっと笑った。

「――合格だ」

「は……」

ティトの目隠しがはらりとほどける。

視界にグロリアの笑顔が映り込んだ瞬間、ティトはその場に崩れ落ちていた。

「ふぁぁぁ……！」

「ティト！」

「大変！　ティトさん、お水を飲んで……！」

ジゼルに水を飲まされているティトを仰ぎながら、グロリアは笑った。

「完全に気配を殺していたつもりだけど……よく私の姿を捕らえたね」

「はい、自分でも不思議です……目は閉じているのに、あの瞬間、師匠の姿がはっきりと視えました……」

「うん」

　グロリアは我が意を得たりとばかりに目を細める。

「視覚は強いからね。情報量も処理の速さも、他の知覚に比べて格段に優れている。だからこそ、私たちは無意識の内に、目から取り入れる情報に頼りがちになってしまう……けれど戦況によっては、嗅覚や聴覚、あるいは第六感を駆使することこそが最適な場合もある。ティトは元々獣人だからね。さらに『気』を上手《うま》く使うことで、格段に強化される。今得た感覚を磨けば、誰にも負けない武器になるはずさ」

　グロリアはティトの頭を撫《な》でた。

「よくがんばったね。異星獣との決戦で、必ずその力が役に立つはずさ。今の感覚を忘れないことだ」

「はいっ！」

　ティトは涙ぐみながら、力強く頷《うなず》き――

「じゃあ、今日の内にあと五戦はしてみようか」

「ご、五戦ですかっ⁉」

「どうした？　『聖《せい》』の弟子たる者が、まさかこの程度で音を上げたりしないだろう？」

グロリアが牙を見せて獰猛《どうもう》に笑う。

ティトは砂を払って立ち上がると、嬉《うれ》しそうに叫んだ。

「いいえ、全力でがんばりますっ！」

それを見ていたレクシアが微笑《ほほえ》む。

「二人とも、嬉しそうね」

「ええ」

ジゼルは、胸元に置いた手をぎゅっと握りしめた。

「本当にすごいわ。ルナさんもティトさんも、どんどん強くなってる。私も頑張らなくちゃ……！」

＊＊＊

ルナとティトに刺激を受けたジゼルは、岩場に向かっていた。

「ふーっ……」

岩に手をかざし、精神を集中する。

辺り一帯が青い光を帯びた。

そして。

「『岩よ、砦《とりで》となれ』！」

ガガッ！　ガゴオオオオオオオンッ！

巨大な岩が浮き上がり、凄まじい勢いで組み上がっていく。

数秒後には、巨大な石垣が聳《そび》えていた。

「はあ、はあっ……！」

「すごいわジゼル、こんなこともできちゃうのね！」

様子を見にきたレクシアが、緻密に組み上げられた石垣を見上げて手を叩《たた》く。

「精霊術の特訓？」

「ええ。ルナさんとティトさんが、あんなに頑張っているんですもの。私も負けていられないわ」

「さすがね！　けど、あまり根を詰めすぎないでね。ジゼルは何でも一人で背負いすぎちゃうから、心配だわ」

「でも、何かしていないと落ち着かなくて……」

ジゼルがそう言った時、背後から声がした。

「レクシアくんの言う通りだよ。決戦前に力を使い果たしたのでは、元も子もないからね」

「グロリア様！」

振り返ると、グロリアがやってくるところだった。

「休憩ですか？」

「ああ。ルナくんとティトは手合わせしているよ。お互い、もっと技術を高め合いたいそうだ。ティトにいい友人ができて良かった」

グロリアは心から嬉しそうに笑うと、ジゼルに目を向けた。

「ところで、ジゼルくん。何か心配事があるようだね」

「……はい。私、精霊術で自然を操ることはできますが、異星獣を封印するためにどうすればいいのか、よく分からなくて……本当に、私にそんな大きな役目が果たせるのかどうか……」

するとグロリアは切れ長の目を柔らかく細めた。

「精霊術は、君がひとりで背負う力じゃない。君が大切にしているこの島が、大地が、自然が——そして精霊が、君に力を貸してくれるさ」

「自然が……」

そう呟《つぶや》いたジゼルの耳に、微《かす》かな声が届く。

潮騒《しおさい》や木々のざわめき、鳥の声、風が砂を運ぶ微かな音。

ジゼルにとって、波や木々、風や砂は、いつも傍《そば》で寄り添ってくれる身近な友達だった。

まるで祝福するような自然のさざめきに、ジゼルは微笑んで、そっと岩を撫でる。

グロリアはそんなジゼルを優しく見守りながら笑った。

「精霊術については、残された文献でかじっただけだからね、確かなことは言えないが……ただ、精霊術が、星の脅威に対抗するために精霊が授けてくれた力であることは間違いない。その使い方は間違いなく君の本能に刻まれているはずさ」

「はい……！」

ジゼルが肩の荷が下りたように笑う。

「とは言え、精霊術も無尽蔵ではないだろう。今ジゼルくんができることは、あまり構えすぎず、決戦に備えてゆっくりと心身を調えることとさ」

「そうよ！　考えることは大切だけれど、考えすぎるとできることもできなくなっちゃうもの、肩の力を抜くことも大事よ！　っていうわけで、おいしい果物を食べて休憩しましょう！」

レクシアが待ってましたとばかりにジゼルの手を引いて駆け出す。

緊張に強《こわ》ばっていたジゼルの顔が、ふわりと解けた。

「ええ！」と笑って、弾むように走り出す。


こうして、修行の日々は過ぎていくのであった。

＊＊＊

そして、その夜。

「みんな、お風呂《ふろ》が沸いたわよ！」

ジゼルの家に戻って、夕食を食べた後。

ジゼルの隣で、レクシアが胸を張りながら高らかに宣言した。

「それはありがたいが……なんでお前がそんなに威張ってるんだ？」

「私もお湯を張るのを手伝ったからよ！」

「などと言って、おおかたそばで見ていただけだろう」

「そんなことないわよ！　すごいのよ、ジゼルったら炎を操って、あっという間にお湯を沸かしちゃうんだから！」

「え、えっと、それってやっぱり見ていただけなのでは……？」

「違うわ、隣でたくさん応援したもの！」

「ふふ。レクシアさんのおかげでがんばれたわ」

「ジゼル、あまりレクシアを甘やかさない方がいいぞ」

レクシアはグロリアに笑顔を向けた。

「というわけで、グロリア様、お先にどうぞ！」

「ん、いいのかい？」

荷ほどきをしていたグロリアが、驚いたように豹耳《ひょうみみ》を動かす。

グロリアも一緒にジゼルの家に泊まることになったのだ。

「もちろんです！　ジゼルのおうちのお風呂、海が見えてとっても素敵なのよ！」

「入浴剤もいろいろな種類をご用意していますから、お好きなものを使ってください」

「修行に付き合っていただいて、ありがとうございました。ゆっくり疲れを癒やしてください」

「そうかい？　じゃあ、お言葉に甘えて――」

グロリアは立ち上がりかけて、ティトに目を移した。

「せっかくの再会だ。ティト、久しぶりに一緒にお風呂に入らないかい？」

「ふぁっ⁉　は、はいっ！」

　ティトが嬉しそうに猫耳をぴんと立てる。

　弾むような足取りでグロリアと一緒にお風呂に向かうティトを見て、レクシアたちは微笑んだ。

「ふふ。ティトさん、グロリアさんのことをとっても慕っているのね」

「ええ、師弟水入らずの大事な時間ね！　素敵だわ！」

「そうだな。……レクシア、邪魔するなよ」

「しないわよ⁉」

＊＊＊

「へえ。これは絶景だねぇ」

　浴室に足を踏み入れるなり、グロリアは目を丸くした。

　浴室はゆったりとした造りで、半露天になっていた。

　夜の海が、月に照らされてきらきらと輝いている。

「師匠、お背中流しますっ！」

「ああ、お願いしようかな」

ティトはたっぷりと泡を含ませたスポンジを、グロリアの背中に滑らせた。

「どうですか、師匠っ？」

「うん、気持ちがいいよ」

「えへへ、良かったです」

ティトは白いしっぽをぴんと立てて、嬉しそうにはにかむ。

「昨日、溶岩の巨人に潰されちゃいそうになった時……師匠が来てくれて、とっても安心しました。今もこうして一緒にいられて、嬉しいです」

グロリアは笑って目を閉じる。

「元気にしているようで良かったよ。暴走することなく、自分の力をしっかり制御しながら発揮できているね」

「レクシアさんたちのおかげです！」

「うん。レクシアくんたちに感謝しないとね」

泡を流すと、グロリアは立ち上がった。

「さあ、交代だ。今度は私がティトの背中を流そう」

「ふぁっ⁉　い、いいです、そんな……！」

「ふふ。師匠の提案は、ありがたく受けるものだよ」

「は、はいっ……！」

場所を交代して、グロリアがティトの背中を洗う。

「力加減はどうだい？」

「は、はい、とっても気持ちがいいです！」

「それは良かった。髪も洗ってあげようね」

「わわっ、師匠、くすぐったいです～！」

泡立てた手でわしゃわしゃと洗うと、ティトが笑って身をよじる。

丁寧に洗い終えると、お湯で泡を流して湯船に浸《つ》かった。

「ふあぁぁ、疲れが溶けていくみたいです……」

ティトがほわわわと頬を緩ませる。

そんなティトに、グロリアが笑いかけた。

「良かったら、ティトがどんな旅をしてきたのか聞かせてくれないか？」

ティトは「はいっ！」と顔を輝かせた。

砂漠を出てからの道程を、身振り手振りを交えて臨場感たっぷりに説明する。

「そしたら、レクシアさんがいきなり崖から飛び降りようとして……！　びっくりしたんですけど、ルナさんがとっさに糸でしゅぱぱぱぱーって助けて、とってもかっこよくて……！」

グロリアは驚いたり感心したりしながら、ティトの話に耳を傾けた。

楽しげに話すティトを見て、嬉《うれ》しそうに目を細める。

「そうか。本当に色々な経験をしたんだね」

「はいっ！　とっても楽しかったし、勉強になりました！　でも私、まだまだたくさん成長したいと思います……師匠の弟子として、恥ずかしくないように！」

ティトは小さな牙を見せてはにかむ。

グロリアはその言葉に目を見開いていたが、不意にティトをぎゅっと抱き寄せた。

「し、師匠？」

グロリアはティトの髪を撫《な》でながら、愛《いと》おしげに頰を寄せた。

「少し背が伸びたね。それに、とても強くなった。……がんばったね」

「……っ」

嬉しさと誇らしさで胸がいっぱいになって、ティトはごろごろと小さく喉を鳴らした。

その時、浴室の外から、賑《にぎ》やかな声が聞こえてきた。

「待て、レクシア！　本当に入るのか⁉　絶対に狭いぞ！」

「大丈夫よ、ジゼルのおうちのお風呂、すっごく大きいし！　それに、やっぱり裸のお付き合いって大事だもの！」

「でも、あの、お邪魔じゃないかしら……？」

扉の前で揉《も》めているのか、ばたばたと忙《せわ》しない足音が響く。

ティトとグロリアは顔を見合わせて笑った。

「ははは。遠慮することはないさ、入っておいで」

「一緒に疲れを癒やしましょう〜！」

「ほらね！　お邪魔しまーす！」

扉を開けて、レクシアたちが入ってくる。

浴室は少し狭くなったが、その分賑やかになった。

「ジゼルくんの精霊術は、自在に操れるのかい？」

「そうなの、ジゼルの力、とってもすごいんです！　ねえジゼル、やって見せて！」

「ええ。『水よ、宙に浮かべ』」

「わぁっ、水がシャボン玉みたいにふわふわ浮かびました！」

「ふふ、『水よ、虹の輝きを宿せ』」

「今度は虹色に輝き始めたわ！　きれいね！」

「なるほど、これはすごいね……どんなに優れた魔術師でも、ここまで繊細な制御はでき

ないだろう」

「しかし本当に美しいな。遺跡で見た、海賊の財宝にも劣らないな」

「か、海賊の財宝？　いったい何の話だい？」

「そうでした！　私たち、密林の遺跡で、石板のほかに海賊が隠した財宝を見つけたんです！」

「ええっ⁉」

「こわーい罠《わな》がたくさんあったんですけど、知恵と勇気と友情で乗り切ったんです！」

「乗り切ったというか、強行突破と言ったほうが近いと思うが……」

「しかもレクシアさんが、海から入れる抜け道を見つけてくれて……」

浴室に明るい声が響く。

温かいお湯に浸かりながら、レクシアは満足そうに伸びをした。

「やっぱりみんなで入ると楽しいわね！　明日からもがんばれそう！」

こうして五人は、心身の疲れを解《ほぐ》すのであった。

第四章　最終決戦

「よく厳しい修行に耐えたね。いよいよ総仕上げといこう」

眷属《けんぞく》との戦いから四日後——いよいよ異星獣本体との決戦を控えた朝。

グロリアは、ルナとティトを見て目を細めた。

二人の目には静かな闘志が宿り、その身体《からだ》からはこれまで以上に力が満ちているのが感じられた。

レクシアとジゼルも、真剣な顔でグロリアの顔を見つめる。

「異星獣との決戦は今夜。異星獣が姿を現したらすかさず攻撃を仕掛け、奴《やつ》が噴火を引き起こす前に封印しなければならない。ジゼルくんは奴を封印できる瞬間が来るまで、なるべく精霊術を温存するんだ」

「はい」

ジゼルが頷《うなず》く。

グロリアはルナとティトに目を移した。

「そして、ルナくんとティト。二人には夜までに、対異星獣の技を完成させてもらう」

「対異星獣の技、ですか」

「ああ。異星獣は溶岩の装甲を纏《まと》っている。そのまま封印しようとしても撥《は》ね返されてしまうだろう。奴を封印するためには装甲を削り、弱らせなくてはならない。だが敵はあの巨体だ、小手先の攻撃は通用しない……それに中途半端《ちゅうとはんぱ》な攻撃を加えても、君たちが目にした通り、すぐに復活してしまう。だから瞬間的に膨大な力をぶつけて、装甲を破壊する必要があるんだ。もちろん私も加勢するが……何しろ敵は異星から来た獣だからね、何が起こるか分からない」

これから挑む敵の強大さに、グロリア自身も緊張を隠しきれず、真剣な表情で告げる。

「君たちには修行の総仕上げとして、異星獣の装甲を吹き飛ばせるだけの技を身に付けてもらう。……大丈夫、今の君たちならできるさ。私が保証しよう」

ルナとティトは顔を見合わせ、力強く頷いた。

「はい！」


そして、最後の修行が始まった。

ルナとティトは、砂浜に並んで立つ。

「いいかい、目を閉じて、互いの気配を感じるんだ。呼吸を合わせて、意識をひとつに重ねる……気を練り合わせるんだ」

「はい」

「分かりました！」

ルナとティトは、言われた通りに意識を集中させた。

互いの気配に耳を澄ませながら、深い呼吸を繰り返す。

すると、二人の身体から白い光の粒子が立ち上り始めた。

「ルナさんとティトさんから、何かオーラのような光が……！」

「あんなの初めて見たわ！　グロリア様、あれは一体……!?」

「あれが二人の気だね。気は、元来誰しもに宿っている力だ。それが修行を経て研ぎ澄まされたことで、可視化できるほどに強くなったんだろう」

グロリアはそう解説しつつ、驚愕《きょうがく》を込めた視線をルナとティトに送る。

「どんなに優れた戦士でも、気が目視できるほどの域に到達できる者は稀《まれ》だ。ルナくんとティトは、どうやら私の予想を超えて成長してくれたようだね」

ルナとティトの気が輝きを増した。

互いに惹《ひ》かれ合うようにして集まり、縒《よ》り合わされていく。

「ルナとティトの気が、ひとつになっていくわ！」

「互いの気が同調しているんだ。本来、他者と気を合わせるためには長い訓練が必要になるんだが、二人はこれまで一緒に様々な敵と戦ってきたことで同調しやすくなっているんだろう。これなら夜までには間違いなく、対異星獣の技を完成させられそうだね」

「二人とも、すごい……！」

ルナとティトの力が渦を巻いて混ざり合っているのを見て、グロリアは声を上げた。

「いいぞ、最後の仕上げだ。その状態を保ったまま、ルナくんの糸に二人の力を纏わせるんだ」

「はい……！」

白いオーラが混ざり合い、眩《まばゆ》い輝きを放つ。

やがて、ルナの糸がふわりと浮かび上がった。

糸が純白に輝くオーラを纏い、きらきらと輝く。

「糸が……！」

「その糸を、空に向けて放ってみるんだ。それで技は完成するだろう」

ルナとティトは、目線を交わして頷き合った。

互いの気を練り上げる。

「はぁぁぁぁぁっ……！」

二人が纏う力が膨れあがり、束になった糸に白い力が螺旋《らせん》状に纏わり付く。

離れた所にいるレクシアとジゼルの元にも、目に見えない圧が吹き付けた。

「ここにいても、凄《すさ》まじい力を感じるわ……！」

「この技さえ完成しちゃえば、異星獣だって怖くないわねっ！」

そして、純白の光がひとつの波動の塊となって放たれようとした、その時。

ドオオオオオオオオオオオオオッ！

地面が激しく揺れ、耳を劈《つんざ》くほどの轟音《ごうおん》が鳴り響いた。

「な、なに⁉」

「大地が鳴動している……⁉」

「これは、まさか……！」

アウレア山を振り仰げば、火口から真っ黒な煙が上がっていた。

「な……⁉」

「アウレア山から煙が……！」

「オオオオオオオオオオッ！」

島全体に、空を破るような咆哮《ほうこう》が響く。

――そしてアウレア山の上空には、昼間にもかかわらず、七つの赤い凶星がはっきりと輝いていた。

「そんな……凶星が……!?」

「まさか、夜を待たずに目覚めるというのか……!?」

「まだ技が完成してないのに……！」

混乱を切り裂くように、グロリアが凜《りん》と叫ぶ。

「とにかく、火口へ急ごう！」

「はい！」

五人はアウレア山へと向かった。

＊＊＊

アウレア山の頂上に駆けつけると、火口から上がった黒煙が空を覆い始めていた。

「今にも噴火しそうだわ……！」

「で、でも、異星獣の姿がありません……！」

ティトが言う通り、頂上には肝心の異星獣の姿がなかった。

「異星獣がいないことには、封印のしようがないわ……！」

「ああ……！　文献には、異星獣は七つの赤い凶星と共に姿を現し、自らの力を大地に作用させて噴火を引き起こすと記されていた……！　唯一奴が姿を現した瞬間が封印できる機会なのに、何故《なぜ》奴の姿がないんだ……！」

「オオオオオオオオオオオオオオオオ！」

穴の底から咆哮が轟く。

それだけで空気がびりびりと震え、強烈な熱波が押し寄せた。

火口から噴き出す黒煙がさらに激しくなる。

「くっ、なんて熱だ……！」

「肺が、焼けそうです……っ！」

「もっと風の膜を強化しないと……！」

ジゼルが精霊術を発動させ、全員に掛けた風の膜をさらに強化させる。

それでも凄まじい熱が伝わってきた。

「グオオオオオオオオオオオオ！」

再び火口の奥から咆哮が響く。

それに応えるように、煮えたぎる溶岩が、ぼこぼこと湧き立ちながらせり上がってきた。

「だめ、このままじゃ噴火しちゃう……！　どうして異星獣は出てこないのよ⁉」

「っ、そうか、そういうことか……！」

「グロリア様⁉」

今にも噴火しそうな火口を睨《にら》んで、グロリアが歯がみした。


「奴め、火口に潜んだまま、噴火を引き起こすつもりだ……！」


「そんなことができるんですか⁉」

「本来はあり得ない。もしそんなことをすれば、自身も灰になるからね。だが、今の奴は溶岩の巨人——星の守護者と同等の能力を手に入れた……不可能ではないだろう」

「そ、そんな……！」

「奴め、おそらく四日前に君たちと予定外に交戦したことで、外に己の脅威となる存在がいることを悟ったんだろうが……まさかそんな知能まで併せ持っているとは……！」

「それじゃあ精霊術は届かない……打つ手がないわ……！」

「このまま噴火を起こされたら、世界が滅んじゃう……！」

噴き付ける熱に噎《む》せながら、レクシアが叫ぶ。

グロリアは鋭い目で火口を睨み付けていたが、静かに口を開いた。

「──私が異星獣を引きずり出す」

「師匠⁉」

「ルナくんとティトは、その間に技を完成させるんだ。ジゼルくんも、いつでも精霊術を使えるように準備しておいてくれ」

「で、でも、いくら師匠だって……！」

ティトが青ざめながらグロリアに縋《すが》り付く。

グロリアはふっと笑った。

「そんな顔をするんじゃないよ。私だって『聖《せい》』の端くれだ、そう簡単に死にはしないさ」

「っ……！　はい……！」

「いい子だ」

グロリアは涙ぐむティトに頷《うなず》きかけた。

そして優しいまなざしで、レクシアたちを見渡す。

「君たちなら、きっと異星獣を封じることができる。信じてるよ」

「……！」

レクシアたちは、唇を引き結んで頷いた。

グロリアは笑うと、黒煙が噴き上がる火口へと歩んでいく。

その身体《からだ》が、白いオーラに覆われた。

そしてグロリアは、躊躇《ためら》うことなく火口へと飛び込んだ。

「師匠っ！」

刹那、火口から白い光が溢《あふ》れ——

ドッ——ガアアアアアアアアアアアアアアアアアッ！

「オオオオオオオオオオオオオ！」

激しい爆発音と共に大地が揺れ、苦悶《くもん》の咆哮が轟く。

やがて、火口から噴き出していた黒煙が鎮《しず》まった。

「煙が止まったわ！」

「溶岩も引いていくぞ……！」

火口からは、巨大な岩と岩がぶつかり合うような激しい戦闘音が鳴り響いている。

「グロリア様が、異星獣を引きずり出そうと戦ってるんだわ……！」

「たった一人であの怪物を相手にするとは、さすがは『聖』……！」

レクシアがルナとティトを振り返る。

「ルナ、ティト、今のうちに技を完成させるのよ！」

「ああ！　行けるか、ティト！」

「はいっ！」

ルナが問い、ティトも強い瞳で頷いた。

しかし。


「グギャアアアアアアアアッ！」


耳を劈くような叫び声と共に、火口から岩石の獅子《しし》たちが湧き出した。

「眷属《けんぞく》が……！」

「やはりそう簡単に隙を与えてはくれないか……！」

「しかも、前よりも大きくなっています……！」

ティトが毛を逆立たせる通り、獅子たちは一回り巨大になり、爪を備えた四肢も太く頑丈になっていた。

「どうやら私たちを排除するため、より強大になったらしいな……！」

獅子の群れは低く身を沈め、牙の間から煙を吐き出す。

「グルルルル……！」

「まずは露払いだ、眷属を蹴散らすぞ！　力を消耗しすぎないよう気を付けろ！」

「はい！　レクシアさんとジゼルさんは下がっていてください！」

「分かったわ！」

レクシアとジゼルが岩陰に退避する。

それを確認すると、ルナとティトは数十頭という巨大な獅子たちに鋭い視線を向けた。

「今の私たちに恐れるものはない！　修行の成果を見せてやろう！」

「はい！　さくっと片付けちゃいますっ！」

「グギャアアアアアアッ！」

身構える二人目がけて、眷属の群れが一斉に襲いかかった。

＊＊＊

「グギャアアアアアアア！」

眷属の群れが、耳障《みみざわ》りな雄叫《おたけ》びを上げながらルナへと殺到する。

しかしルナは慌てるそぶりもなく糸を展開した。

「岩石の獅子、相手にとって不足はない。修行の成果、試させてもらおうか！」

疾駆する獅子たちに向かって大きく踏み込み、鋭く腕を振るう。


「──『桎梏《しっこく》』！」


すると、糸が次々と眷属たちの首や脚に巻き付いた。

「グギャギャッ⁉」

たちまち動きを封じられ、獅子が苦しげな呻《うめ》きを上げる。

もがく隙さえ与えず、ルナは宙を摑《つか》むように拳を握った。

「はっ！」

次の瞬間、獅子たちの首や脚が一斉に捻《ね》じ切られた。

「ギャ……！」

断末魔の声を上げることすら叶《かな》わず、眷属たちが息絶えていく。

「すごいわ、ルナ！　岩石の獅子をあんなにあっさりねじ切っちゃうなんて……！」

「あの糸、出会った時よりも切れ味が上がってる……!?」

岩陰から見ていたレクシアとジゼルが驚愕《きょうがく》の声を上げた。

息をつく暇もなく、火口からさらに数多《あまた》の獅子たちが湧き出た。

「グギャアアアアアアア！」

数十頭という眷属が、雪崩を打って雲霞《うんか》のごとく押し寄せる。

「正面からの戦いでは敵わないと悟って、数で攻めに来たか。――だが、それも無駄だ」

ルナは軽やかに地を蹴った。

糸を鞭《むち》のようにしならせながら、流星のごとく駆け抜ける。

「『乱舞』！」
ヒュッ――シュパパパパパパパパッ！

視界を埋め尽くす群れの中を突っ切りつつ、糸を振るう。

糸が舞う度に、獅子たちが切り刻まれていく。

「ギャギャ⁉」

「グギャアアアアアアッ⁉」

あまりに圧倒的な戦いに、レクシアとジゼルは目を瞠《みは》った。

「なにあれ⁉　速すぎて糸が見えないわ……！」

「岩で出来た獣を、まるで粘土みたいに……！　しかも、威力がどんどん上がっているわ……⁉」

ルナが走り抜けた後、死骸の山が累々と築かれていた。

「やはり身体が軽い……今ならどんな敵でも倒せそうだ」

全身に力が満ち、指先まで気が巡っているのを感じる。

そんなルナに向かって、岩陰から獅子が飛び出した。

「グギャアアアアアッ！」

「『流線』！」

「ギャギャ……ッ！」

獅子は糸に輪切りにされて、あっさりと倒される。

しかし息絶える直前、獅子の口から紫の煙が噴き出した。

ルナはすぐにその正体に気付いて、レクシアとジゼルに叫ぶ。

「くっ……！　この煙を吸い込むな、肺が焼けるぞ！」

「わ、分かったわ！」

有害な煙がたちまち辺りを覆う。

ルナは口を覆いながら歯を食い縛った。

「これでは身動きが取れない、一旦退却するしか――」

ルナが跳び退《しさ》ろうとした時、ジゼルの声が響いた。

「『風よ、吹き荒れよ』！」

青い光と共に、清浄な風が吹き抜けた。

煙が霧消し、たちまち空気が澄み渡る。

「助かったぞ、ジゼル！」

「ええ！」

しかしその時には既に、獅子の群れがルナに肉薄していた。

「グギャアアアアアアアアアアアッ！」

押し寄せた獅子たちが跳躍し、四方から覆い被《かぶ》さるようにして一斉にルナへと襲いかかる。

「グギャアアアアアアア！」

「ルナ！」

レクシアの悲鳴が響く。

無数の溶岩の爪が、ルナへと迫り――

「『豪猪《やまあらし》』」

ジャキイイイイイイイイインッ！

ルナを中心に、糸が強靭《きょうじん》な針と化して八方へと撃ち出される。

「グギャギャ、ギャ……！」

空中で貫かれたまま、獅子たちがぴくぴくと脚を震わせる。

それを見上げながら、ルナはわずかに乱れた髪をかき上げた。

「悪いが、貴様らと遊んでいる暇はなくてな」

そして身を翻《ひるがえ》し、次の群れへと向かう。

その背後で、息絶えた獅子たちがぐずぐずと黒いタールへと変化し、大地へと溶け込んでいく。

「あ、あんな技、初めて見たわ！」

「ルナさん、かっこいい……！」

レクシアとジゼルは、思わず戦闘中であることさえ忘れて見とれていたが、はっと我に返った。

「いけない、ぼーっとしている場合じゃないわ！　次はティトを応援するわよ、ジゼル！」

「え、ええ！」

そう言って、レクシアとジゼルは慌てて場所を移動するのであった。

＊＊＊

「さあ、こっちです！」

「グギャアアアアアアア！」

ティトは巨大な岩石が転がる岩場に獅子たちを誘い込んでいた。

「ティト、がんばってー！」

「後ろから敵が来てるわ、気を付けて……！」

レクシアとジゼルが、小高くせり出した足場から戦況を見下ろしながら声援を送る。

「グルアアアアアアアアッ！」

岩石の間をすり抜けながら走るティトを、獅子《しし》が追ってくる。

そこにティトの死角から、一頭の獅子が迫った。

「ティト、危ない！」

レクシアが叫ぶよりも早く。

「そこです！」

ティトの爪が唸《うな》り、白い閃光《せんこう》が閃《ひらめ》いた。

「グギャアアアアアアアアッ⁉」

「えっ⁉　ティトさん今、敵のことを全然見ないで倒したわ……⁉」

ジゼルが驚愕する。

ティトは振り向きもせず、死角から襲い来る敵を屠《ほふ》ってみせたのだ。

岩石の間を縫って、獅子たちが次から次に殺到する。

「グギャアアアアアアアアアア！」

しかしティトは微動だにすることなく呟《つぶや》いた。

「全部、視えてます――【烈爪・極】！」

身を捻《ひね》って、全方位目がけて爪を振り抜く。

鋭い斬撃が、無数の真空波と化して正確に眷属《けんぞく》たちを切り刻んだ。

「グギャ……!?」

「すごいわ、ティト！　グロリア様との修行で、こんなに強くなるなんて……！」

「ギャアアアア！」

「ギャギャッ、グギャアアアアアアアア！」

獅子たちは仲間を殺されたことで一層殺気立ち、反撃に出る。

しかしその攻撃はティトを捕らえる事はおろか、掠《かす》めることさえなかった。

「【奏爪】！」

ティトは獅子たちの攻撃を軽やかに躱《かわ》し、岩から岩へと華麗に飛び移りながら獅子たちを撫《な》で切りにしていく。

「すごい、ティトさん……！　ほとんど見てないわ……！」

ティトはまるで敵の動きを予知しているかのように、次々と敵を切り裂いた。

「すごい、師匠との修行のおかげで、見る前に身体《からだ》が動きます……！」

ティトは高揚を覚えつつも、焦《あせ》りをかみ殺した。

「早くこいつらを倒して、師匠を助けないと……っ！」

「ギャギャギャ……！」

やがて獅子の群れが十数頭まで減った頃、残った獅子たちが一箇所に集まり始めた。

互いに重なり合い押し潰すようにして瓦解《がかい》していく。

「なに、あれ……!?」

「眷属同士が、どんどんくっついていく……!?」

やがて重なった獅子たちは合体し、見上げるほどに巨大な獣と化した。

「グアアアアアアアアアッ！」

巨大な獣が割れるような咆哮《ほうこう》を上げ、ティト目がけて前肢《まえあし》を振り下ろす。

ティトはとっさに跳び退って避《よ》けたが、直前までティトがいた地面が大きくひび割れ、ごっそりとへこむ。

「なんて力なの……!?」

「あんなのに潰されたら、ひとたまりもないわ……！」

レクシアとジゼルが戦《おのの》くが、ティトは獣を睨《にら》みつつ膝を矯《た》めた。

「どんなに合体したって、的が大きくなっただけです！　はぁっ！」

ティトは岩を蹴り、獣に向かって跳躍した。

「グギャアアアアアアアア！」

獣が前肢を伸ばし、ティトを貫こうとする。

「【爪閃《そうせん》】っ！」

ズガアアアアアアッ！

ティトは爪の一振りによって、獣の前肢ごと砕いた。

しかし。

「グギャアアアアアアアアアアア！」

ガガガガガガガッ！

砕けたはずの前肢が変形し、ティト目がけて剣のように伸びる。

「――！」

ティトが対処するよりも早く、ジゼルの声が響いた。

「『大地よ、盾となれ』！」

ガキイイイイイイイインッ！

「ギャギャッ⁉」

ジゼルの呼びかけによって近くにあった岩が盛り上がり、獣の攻撃を防ぐ。

「ありがとうございます、ジゼルさん！」

獣が怯《ひる》んでいる間に、ティトは空中で力を溜《た》めた。

鋭い爪が白銀の輝きを帯びる。

「はあああああッ！」

そして回転を加えつつ、光の奔流を叩《たた》き付けた。


「【雷轟爪《らいごうそう》・極】！」

ドゴオオオオオオオオオオオオオオオッ！


全力で撃ち下ろされた力が光の柱と化して、巨大な獣を押し潰す。

「ギャギャアアアアアアアッ⁉」

岩場に、獣の断末魔が響き渡った。

「やったわ！」

「あ、あんな大きな眷属さえ倒してしまうなんて……！」

巨大な獅子だったものが崩れ、どろどろと溶けていく。

それを見ながら、ティトは爪に残る光の残滓《ざんし》を払った。

「私は負けません。絶対に負けられません。師匠が信じてくれたから……！」

そしてティトは大地に染《し》み込んでいく獅子を後にして、ルナたちと合流するのだった。

＊＊＊

「ふう、こんなものか。強敵ではあるが、修行を経た私たちの敵ではなかったな」

「はい！　思ったよりも早く殲滅《せんめつ》できました！」

合流したルナとティトは、辺りを見回した。

無限にいるかと思われた獅子たちは全て溶け果て、新たに出てくる気配もない。

「すごいわ、ルナ、ティト！」

「あんなに強い眷属を、あっさり倒しちゃうなんて……！」

レクシアとジゼルも駆け寄ってくる。

強大な眷属の群れを前に、ルナとティトの強さはあまりに圧倒的であった。

「残るは異星獣本体ね！」

「師匠、ご無事でしょうか……」

「グロリア様なら、きっと大丈夫よ」

「ああ。だがその前に、技を完成させなければ――」

ルナが言いかけた時。


「オオ、オオオオオオオオオオオオオオオオオ！」


火口から、地鳴りに似た雄叫《おたけ》びが響いた。

はっと振り返った四人に、巨大な手が火口の縁を摑《つか》む光景が飛び込んでる。

「あっ、あれは……！」

「溶岩の巨人……！」

そして火口から這《は》い出るようにして、ついに巨人が姿を現した。

「オオオオオオオオオオオオオオオオオオ！」

「なんて大きさだ……！」

天を衝《つ》くような巨体は溶岩の装甲で覆われ、一歩踏み出すごとに地面が灼熱《しゃくねつ》に燃え上がる。

熱に揺らぐ景色の中で、その威容はあまりに圧倒的であった。

「ついに本体がお出ましね……！」

「師匠は……!?」

身を乗り出すティトに、ルナがはっと巨人を指さした。

「あれを見ろ！」

「オオ、オオオオ……！」

握りしめられた巨人の手に、グロリアの姿があった。

「師匠！」

「くッ……！」

巨人の手の中で、グロリアが苦しげに顔を歪《ゆが》める。

その身体は白い光に覆われていた。どうやらかろうじて『聖《せい》』の力で防御しているようだが、その白い光は頼りなく明滅している。

それを見たティトの毛が逆立った。

「師匠を……師匠を放せ――――――――ッ！」

ティトは身を沈めるなり地を蹴った。

瞬時にして彼我の距離が消し飛ぶ。

「オオ、オオオオオオオッ……！」

ティトは怯む巨人に肉薄するや、爪を下から上へと振り上げた。

「【天衝爪《てんしょうそう》】ッ！」

ズガガガガアアアアアアアァッ！

凄《すさ》まじい衝撃波が、巨人の爪先から胸元まで装甲を削りながら駆け上る。

「す、すごい……！」

「オオオオオオオオオオオ！」

巨人の身体がぐらりと傾《かし》ぎ――しかし周囲の溶岩が浮き上がったかと思うと巨人に貼り付き、たちまち元の姿に戻った。

「だめだわ、やっぱり再生しちゃう……！」

「ティドさん、危ない！」

「オオオオオオオオオオオオ！」

「……！」

巨人がティトを踏みつぶそうと足を上げる。

溶岩の足がティトの頭上に迫り――その足に糸が巻き付いた。

「『桎梏《しっこく》』！」

ルナが糸を引くと同時に、足の装甲がバキバキバキィッ！　と砕ける。

「オオ、オオオオオオオオオ……！」

「ルナさん……！」

「ティト、落ち着け！　一人では危険だ、力を合わせるんだ！」

「！　はい……！」

ルナの言葉に、ティトが冷静さを取り戻す。

「もう一度仕掛けます……！　ルナさん、お願いします！」

「ああ、任せろ！」

二人は同時に地を蹴った。

縦横無尽に駆け抜けて巨人を撹乱《かくらん》しながら、連続して技を放つ。

「『避役』！」

「【烈爪】っ！」

「オオオオオオオオオオオオオオ！」

装甲を削られた巨人が、怒り狂って両腕を振り上げる。

それを待っていたかのように、ルナの糸が巨人の全身を絡《から》め取った。

「ティト、今だ！」

「はいっ！」

ルナの合図を受け、ティトは糸を足場にして巨人の肩まで高々と跳躍した。

「【爪閃】ッ！」

ズバアアアアアアアアアッ！

至近距離から放たれた一撃が、巨人の腕を根元から斬り飛ばす。

「グオオオオオオオオオッ⁉」

「す、すごい……！」

溶岩の腕が飛び、巨人に握られていたグロリアが宙に投げ出される。

ティトは空中でグロリアを抱えると、衝撃を殺しながら着地した。

レクシアたちも駆け寄る。

「師匠っ！」

「グロリア様！」

「ごほ、ごほっ……！」

グロリアが苦しそうに咳《せ》き込む。

グロリアの状態を調べたルナが、緊迫した声で呟《つぶや》いた。

「これは……肋《あばら》が何本か折れているな……！　他の傷も相当深いぞ……！」

「生きているだけで奇跡だわ、あんな恐ろしい化け物を相手にたった一人で戦ったんですもの……！」

「！」

「師匠、大丈夫ですか――」

「グオオオオオオオ！」

突如として背後に生じた気配に振り返る。

なんと斬り飛ばされた腕が、自律して五人に襲いかかろうとしていた。

「なっ……!?　腕が、ひとりでに動いて……!?」

「こんなことまでできるの……!?」

「オオオオオオオオオ！」

絶句するレクシアたちを握り潰そうと、巨大な手が迫り――

「――【烈斬爪】！」

凄まじい威力を込めた真空波が、岩肌を削りながら走った。

真空波は腕を覆う装甲を紙のように切り裂き、さらにそこかしこで爆発を引き起こして溶岩の腕を粉砕する。

「オオオオオオオオ⁉」

「はぁっ、はぁっ……『聖』の力、舐《な》めてもらっちゃ困るよ……！」

グロリアは、息を荒らげつつ腕の残滓を睨《にら》み付けた。

「師匠っ……！」

「巨人の腕を一撃で吹き飛ばすあの威力……！　さすがは『爪聖《そうせい》』様だわ……！」

しかし、吹き飛んだ腕の破片が浮き上がったかと思うと、たちまち巨人の元へ戻っていく。

すると斬り飛ばされたはずの腕が瞬時に再生した。

「オオオオオオオオ！」

「やはり再生するか……！」

「あんなに粉々にしてもダメなの……⁉」

青ざめる四人に、グロリアは荒い呼吸の中から告げる。

「いいかい、闇雲に精霊術を放っても、あの装甲に弾《はじ》かれる。かと言って、半端《はんぱ》な攻撃ではすぐに再生されてしまう。ルナくんとティトの技で、一気にあの装甲を吹き飛ばすしかない。私も加勢したいところだが……っ、ごほ、ごほ……！」

「師匠は休んでいてください！」

「大丈夫よ、私たちが必ずあいつを倒してみせるわ！」

「悪いね……頼んだよ」

グロリアは苦しげな笑みを浮かべると、ティトに目を移した。

ティトの手をそっと取る。

「ティト、これを受け取ってほしい」

優しく温かな力が流れ込んできて、ティトははっと目を見開いた。

「これは……」

「私の『聖』の力の一部だ。大いなる力を持つということは、それだけの責任と義務を背負い、危険に身を投じるということだ。ティトにはまだ早いと思っていたけれど……どうやら過保護だったみたいだね。ティトにはもう、この力を使いこなすだけの実力が充分にある。私の自慢の弟子だよ」

「師匠っ……！」

「もちろん、私もまだ『聖』を引退する気はないからね。帰ったら、『聖』としての在り方をたっぷり叩《たた》き込ませてもらうよ」

「はいっ……！」

グロリアは涙ぐむティトの頭を撫《な》でると、それきり意識を失った。

グロリアを安全な岩の陰に横たえ、溶岩の巨人に対峙《たいじ》する。

「さあ、正真正銘、世界を懸けた戦いよ！」

「私はいつでも封印できるように、精霊術に集中するわ……！」

「ああ。技はまだ不完全だが、戦いながら完成させるしかない……！　行くぞ、ティト！」

「はい！　師匠が繋《つな》いでくれたチャンス、絶対に無駄はしません！」

ルナとティトは目を交わして頷《うなず》き合うと、同時に地を蹴った。

「【烈爪】ッ！」

「『螺旋《らせん》』！」

ティトが巨人目がけて真空波を放ち、ルナもそれに追随する。

しかし溶岩の巨人は二人の攻撃を避《よ》け、高々と跳躍した。

「オオオオオオオオオ！」

「と、跳んだわ⁉」

「あの図体《ずうたい》でなんて機敏な動きを……！」

「オオオオオオオ！」

巨人は四人の頭上で滞空したまま腕を振り上げる。

「避けろ！」

ルナがレクシアを、ティトがジゼルを抱いて跳び退《しさ》る。

巨人は振り上げた腕を、着地と同時に一気に地面に叩き付けた。

「オオオオオオオオオオオオ！」

ゴガアアアアアアアッ！

岩肌がひび割れ、灼熱《しゃくねつ》のマグマが勢いよく噴き出る。

「なんて威力なの……⁉」

「オオオオオオ！」

さらに巨人が吼《ほ》えると、噴き出たマグマが巨大な蛇と化して襲ってきた。

「あの巨人、マグマまで操れるの⁉」

「ここにきて、さらに手数を増やすか……！」

ルナとティトは巨人とマグマの連携攻撃を躱《かわ》しながら、隙を見て攻撃を加える。

「『流線』！」

「【奏爪】ッ！」

「オオオオオオオオオオ！」

溶岩の装甲が砕けては再生される。

しかし何度再生されようと、二人は絶え間なく攻撃を続けた。

「オオ、オオオオオオオオオオッ！」

ついに巨人が焦《じ》れたように吼え、邪魔者を叩き潰そうと腕を振り上げる。

それを待っていたかのように、ルナが口《くち》の端《はし》を吊《つ》り上げた。

「装甲を削っても無駄なら、動きを止めるまで――『豪猪《やまあらし》』！」

ジャキイイイイイイイイイインッ！

「オオオオオオオオオオ！」

ルナが密《ひそ》かに地面に仕掛けていた糸が、無数の針と化して巨人を貫いた。

数百という針に串刺しにされて、巨人の動きが止まる。

「やったわ！」

「ルナさん、すごい……！」

「オオオオ、オオオオオオ……！」

しかし巨人はルナとティトに手を向けると、指先から無数の岩石を撃ち出した。

「危ない！」

「ルナさん、ティトさん、逃げて……！」

思わず叫ぶレクシアとジゼルに、ティトが「大丈夫です！」と応える。

「当たると痛そうですが、そのままお返ししますっ――【爪穿弾《そうせんだん》】ッ！」


ティトは爪に『聖《せい》』の力を流し込むと、迫り来る岩石に向かって薙《な》いだ。

岩石が白い光を纏《まと》って豪速で撃ち返され、巨人を穿《うが》つ。

ズガガガガガガアアアアッ！

「オオオオオオオオオオ……!?」

岩石の巨体がぐらりと傾《かし》ぐ。

そのほんの一瞬の隙を見逃さず、ルナとティトは肉薄した。

「今だ、ティト！　今こそ私たち二人の力を見せてやろう！」

「はい、ルナさん！　全身全霊の一撃をお見舞いしましょうっ！」

「「はああああああああああっ……！」」

二人の纏う力が膨れあがる。

ルナの『気』と、ティトの『聖』の力が渦を巻き、眩《まばゆ》く輝いた。

底知れないエネルギーを秘めた力が、二人の手に収束していく。

そして。

「「『白龍閃《せん》』ッ！」」

ドオオオオオオオオオオオオオオオオオオオオオオッ！

凄《すさ》まじい威力を宿した糸の束が、純白の龍と化して巨人に襲いかかった。

「オオオオオオオオオオオオオオオッ!?」

純白の龍が巨人に命中すると同時に、巨人の全身を覆う装甲がひび割れ吹き飛ぶ。

「オオ、オォ、オォオォ……！」

「や、やりました……！」

「はぁ、はぁっ……！　これで奴《やつ》の身を守るものは何もなくなったぞ……！」

ルナとティトは息を荒らげながら、なんとか巨人を睨み付ける。

最大火力を叩き付けただけに消耗は激しく、二人は力のほとんどを使い果たして、技を完成させたのだった。

レクシアはジゼルを振り返った。

「ジゼル、今よ！」

「ええ！」

ジゼルは巨人を睨み付けた。

青い光が、その身体《からだ》を覆っていく。

「世界を滅ぼす獣……！　絶対に封印してみせるわ！　はあああああ……！」

そして持てる限りの力を練り上げ、放つ。

「──はぁっ！」

撃ち出された青い光が装甲を失った巨人に着弾し、包み込んだ。

「オオオオオオオ……！」

青い光の中で、巨人が苦しみながら膝をつく。

「やったわ、封印が成功したのね⁉」

レクシアが声を弾ませる。

しかし。

「いや、待て！」

足元で、巨大な何かが蠢《うごめ》く気配がした。

「何⁉　地面が……！」

大地がどくどくと不気味に脈打つ。

そしてまるでその脈から力を得るかのように、巨人が立ち上がった。

「オォ、オオオオオオオオオオオオオッ！」

ゴオオオオオオオオオオオオオオオッ！

巨人の全身から溶岩が噴出したかと思うと、青いオーラを噴き散らす。

「なっ……⁉」

「オオオオオオオオオオオオオオオ！」

巨人が怒り狂い、吼え猛《たけ》る。

その度に大地がひび割れ、新たなマグマが噴き出した。

辺りを覆う大量の溶岩によって、巨人の装甲がたちまち復元される。

「オオオオオオオオオオオオオオオ！」

「そんな……！」

「くっ、もう一度……！」

ルナとティトは立ち上がろうとして、膝を付く。

二人の力は、先程の全身全霊を込めた一撃によって、ほとんど底を突こうとしていた。

「オオオオオオオオオオオ！」

破壊の音が響き、立ち込める熱で景色が霞《かす》む。

荒れ狂う溶岩の巨人を前に、ジゼルは声を震わせた。

「そんな……封印できなかった……！　みんな、あんなにがんばってくれたのに……ごめんなさい、私……わた、し……っ！」

暴れ回っていた巨人が、ぐるりと振り返った。

「あ、あ……！」

「オオ、オオオオォ……」

四人を叩き潰すべく、巨人が大きく踏み出す。

「もう、だめなの……？　全部、終わってしまう……何もかも……私の、せいで……――」

ジゼルの震える唇から、掠《かす》れた声が零《こぼ》れ落ちた時。

「ジゼル！」

レクシアが、ジゼルを抱き締めた。

「！　レクシア、さん……？」

「自分に負けちゃだめよ、ジゼル！　あなたの力はそんなものじゃないって、私、信じてるわ！」

レクシアは、強く強く、ジゼルを抱き締め――刹那、レクシアから透き通る波動が広がった。

温かい力が溢《あふ》れてきて、ジゼルが目を見開く。

「……！　これは……――」

波動を浴びたルナとティトも、はっと自分の身体を見下ろした。

「傷が癒えて、力が溢れてくる……！」

「これは……レクシアさんの【光華の息吹《いぶき》】……！」

疲弊していた身体が優しい光に包まれ、使い果たしたはずの力が再び湧いてくる。

「レクシアさん……」

涙を浮かべたジゼルの瞳に、レクシアは微笑《ほほえ》んだ。

「諦めちゃだめよ。ジゼルなら絶対にできるわ！」

「でも……」

「まだ見たい景色があるんでしょう？　行きたい場所があるんでしょう？　約束したじゃない、いつか一緒に世界を観《み》て回ろうって。絶対に、これで終わりなんかにさせないわ。大丈夫よ、私たちがついているもの！」

「……っ！」

ジゼルのエメラルドグリーンの瞳に、光が宿った。

「……ええ！」

ジゼルが頷《うなず》く。

それを見て、ルナとティトは立ち上がった。

「もう一度いけるか、ティト！」

「はい、もちろんですっ！」

【光華の息吹】を浴びたとはいえ、全てが回復したわけではない。

それでも二人は、不敵な笑みさえ浮かべながら、強大な敵を睨《にら》み据える。

「オオオオオオオオオオオ！」

巨人は危機を察知したのか、全身から黒煙を噴出させた。

「くっ、目くらましか……！」

「一体どこから攻撃を仕掛けるつもり!?」

濃く、重たい煙が辺りを覆う。

しかし。

「隠れても無駄です！」

ティトの研ぎ澄まされた知覚が、黒煙の向こうにいる敵を捕らえる。

「──視《み》えました、そこです！」

ティトが指さした上空に向けて、ルナは手をかざした。

「今度こそ、この戦いにケリをつけるぞ！」

「はい！　絶対に世界を守ってみせます！」


「「はあああああああああッ……！」」


二人の身体から膨大なエネルギーが溢れ、凝縮されていく。

そして、純白の輝きを纏った糸の束が、回旋しながら放たれた。

「『白龍閃』ッ！」

ドオオオオオオオオオオオオオオオオオッ！

光を纏《まと》った糸が、荒ぶる龍と化して空へ昇る。

回旋によって生じた激しい突風が黒煙を吹き散らし、視界が一気に晴れた。

そして、糸の向かう先。

「オ、オオオオオオオオオオオオオオオオオッ！」

ゴガアアアアアアアアアアアアアアアアアッ！

ひび割れた咆哮《ほうこう》を上げる巨人を、白銀の龍が呑《の》み込んだ。

「グオオオオオオオオオオオオッ⁉」

眩い光の中で、溶岩の装甲が引きちぎれ、吹き飛ばされていく。

装甲の破片をまき散らしながら、巨人が火口付近に激しく叩《たた》き付けられた。

「ジゼル！」

「ええ！」

「オオ、オオオオオ……！」

巨人が身悶《みもだ》え、吹き飛ばされた溶岩が再び巨人の元に戻ろうと浮遊する。

ジゼルは強い光を宿した瞳で、巨人を睨み付けた。

両手を組み、祈る。

「そう……これは私一人の力ではないわ。みんな、力を貸して……！」

するとジゼルの足元から、先程を遥《はる》かに上回る量の青い光の粒子が立ち上った。

ジゼルを中心に、青い光が波紋のごとく広がる。

木々、大地、海——やがて島全体が青い光に包まれ、精霊たちの力がジゼルへと集まっていく。

そして。

「『風よ、大地よ、あまねく自然に宿る精霊よ……！　大いなる力となりて、邪悪なる異星の獣を封じよ』——————！」

眩《まばゆ》いまでの青い輝きが、奔流と化して撃ち出された。

自然に宿る、小さな力の集合体——膨大なエネルギーの塊が、装甲を剝がされた巨人の胸に命中する。

「オオ、オオオオオオオオオオ⁉」

残っていた溶岩が溶け、どろどろと剝がれ落ちていく。

「オオ、オオ、オォ……——————！」

「っ、まだ……！　私たちは負けない……！　あなたなんかに、この世界は終わらせない……！」

ジゼルから放たれる輝きがさらに増した。

青い奔流が、断末魔を上げる巨人を吞み込み——やがて全ての溶岩が溶け落ち、その後には黒く醜い獣の姿が残された。

「あれが、異星獣……！」

「オォ、オオ、オオォ……！」

全てを失った獣がぐらりと傾《かし》ぐ。

そしてそのまま火口へと落ち、溶岩に吞み込まれた。

「オオ、オ、オ、オ、オオ……オォォ……」

異星獣のくぐもった咆哮が遠ざかり、完全に途絶える。

青い光が火口を包み込み、やがて穏やかに鎮《しず》まった。

「やっ、た……やったわ、ジゼルっ！」

「はぁっ、はぁっ……！」

ふらつくジゼルを、レクシアがめいっぱい抱き締める。

「封印、は……――！」

「みんな、よくやったね。封印は成功だ」

不安そうなジゼルに応えたのは、グロリアだった。

「師匠！　お怪我《けが》は大丈夫ですかっ？」

「ああ。さっき意識を取り戻したんだが……不思議と身体《からだ》が軽くなっていてね」

「！　そうか、レクシアの【光華の息吹】を浴びたから……」

ルナの言葉半ばに、レクシアがグロリアに尋ねる。

「グロリア様、異星獣は正しく封印されたのよねっ？　もう心配はないのよねっ⁉」

「その通りだ。君たちがんばったおかげだよ」

グロリアの笑顔に、レクシアが喜びを爆発させる。

「やったわー！　ジゼル、私たち世界を守ったのよ！」

「ええ……ええ！」

ジゼルが涙ぐみ、レクシアたちと抱き合って喜ぶ。

「ところで……【光華の息吹】？　とは？」

「あ、【光華の息吹】は、レクシアさんに宿っている特別な力で――」

首を傾げるグロリアに、ティトが説明しようとした、その時。


ゴゴゴゴゴ……！


大地が激しく揺れ始めた。

火口から一気に黒煙が噴き上がり、空を覆っていく。

「なっ!?　火口から煙が……！」

「どうして!?　異星獣は封印したのに……！」

ティトがはっと空を振り仰いだ。

なお煌々《こうこう》と輝く赤い凶星を見て息を呑む。

「凶星が……さっきより強く輝いています……！」

「そんな……!?」

「どうして……一体何が起こっているの……!?」

気がつくと、大地に黒い脈のようなものが不気味に蠢《うごめ》いていた。

黒い地脈は火口を中心に、根を張るようにして広がっていく。

グロリアがはっと顔を引き攣《つ》らせた。

「これは、まさか……!?」

「グロリア様、これってどういうことなの!?」

大地を侵食していく地脈を見て、グロリアが唇を噛《か》む。

「そうか、これが異星獣の真の力……本当の脅威は、星に食い込む力そのものだったんだ……!」

「な……!?」

「異星獣の力は、既に地脈に深く食い込んでしまっている──奴《やつ》が一度精霊術を撥ね返したのも、この地脈から力を得たからだ。これを浄化しない限り、噴火は止められない……! 過去にここまで異星獣を追い詰めた事例はなかった、だから石板にも古文書にも、この事実は残されていなかったんだ……!」

グロリアが歯がみし、レクシアたちが声を失う。

「それじゃあ……」

「噴火はもう、止められないってこと……?」

既に噴火への引き金は引かれてしまっていた。

真っ黒な煙はみるみるうちに島を覆い、さらにその先へと広がっていく。

既に倒すべき相手はおらず、星を食い潰す力だけが世界を侵食していた。

「このままじゃ世界が……！」

「こんなに頑張ったのに……もう、だめなの……？」

空が翳《かげ》り、世界が暗黒に呑み込まれていく。

「………………」

誰もが絶望して立ち尽くす中、レクシアは一人、火口を睨《にら》み付けた。

不気味に蠢く黒い地脈を睨み付け、拳を握る。

「レクシア……？」

「――世界を滅ぼすなんて、そんなこと絶対にさせないわ」

太陽が翳ってさえなお、翡翠《ひすい》色の瞳は強く眩い煌《きら》めきを宿していた。

「この世界には、綺麗《きれい》な景色がたくさんあるの。大好きな場所がたくさんあって、守りたい人たちがたくさんいるの」

ルナやティトと巡る旅の中で、レクシアは様々な国に行き、多くの人と出会ってきた。

活気に溢《あふ》れた砂漠の国。真っ白な雪に覆われた北の帝国。遥《はる》かな歴史を抱く東の皇国。

行く先々で、かけがえのない出会いがあった。国民のために望まない結婚さえ受け入れようとした誇り高い王女や、姉のために強大な呪いに立ち向かう魔導開発者、己の弱さに悩みながらも諦めず挑み続ける小さな皇女。

——そして、この美しい南の島で出会った、世界のためにその身を捧《ささ》げようとしていた優しい少女。

レクシアたちは彼女たちと共に戦い、多くの苦難を乗り越えてきたのだ。

「この世界には、どんなに厳しい環境に置かれていて、恐怖に怯《おび》えていても、それでも私たちを迎え入れてくれた温かい人々がいたわ。この美しい世界を、終わりになんかさせない……私の大切な人たちの笑顔を、ひとつも奪わせはしない……！」

侵食されつつある大地を、二本の足でしっかりと踏みしめて立つ。

その視線の先で、ついに火口から真っ赤に燃える岩が溢れ出した。

「レクシア……——！」

ドオオオオオオオオオオオオオオオオッ！

煮えたぎる死の予兆が迫る。

ルナたちの叫びを背に、しかしレクシアは一歩も退かなかった。

翡翠色の瞳が激しく燃え上がる。

「こんなわけのわからない力なんかに、私たちの世界を滅ぼさせたりしないんだから――っ！」

刹那、レクシアの全身が透明な輝きに包まれた。

呼応するように、大地から眩い光が溢れ出す。

ジゼルが息を呑《の》んだ。

「レクシアさんの力が、大地と……いえ、星と共鳴している⁉　これは一体……⁉」

レクシアを中心に、ぶわりと光の波動が広がった。

五人の足元まで迫っていた溶岩が、たちまち黒い岩石と化して止まる。

「こ、これは……⁉」

「異星獣の力が、浄化されていきます……！」

波動が広がるにつれ、大地から黒い地脈が浄化されていくのを見て、ルナが目を見開いた。

「そうか……！　【光華の息吹《いぶき》】は、負の状態に支配されている相手を元に戻す力——そして『魔聖《ませい》』オーディス様は、レクシアの力はまだ覚醒するだろうとも言っていた……！

これがレクシアの力の真価……——【光華の息吹】は、人間だけではなく、世界にさえ及ぶのか……——！」

「レクシアさん、すごいです……！」

地脈を蝕《むしば》んでいた異星獣の力が、透き通る光によって解け、消えて行く。

空を覆っていた黒煙が晴れ、大地が、世界が、あるべき姿へと戻っていく。

「なんて温かくて優しい力なの……」

「レクシアくんが不思議な力を持っていることは知っていたが……まさか、世界の脅威さえ浄化できる力だったなんて……」

美しい光の中で、呆然《ぼうぜん》と立ち尽くす。

やがて、光が収まった後。

五人の前には、平穏で美しい光景が広がっていた。

島は豊かに森を湛《たた》え、海は太陽の光に煌めきながら、どこまでも遠く続いている。

そして青く晴れ渡った空には、既に凶星の影はなかった。

「はぁっ、はぁっ……！」

「レクシアさん！」

力を使い果たして頽《くずお》れるレクシアを、ジゼルが支える。

「すごいわ、レクシアさん……本当に世界を救ったのよ……！」

涙ぐむジゼルに、レクシアは白い歯を零《こぼ》して笑った。

「ううん、私だけの力じゃないわ。みんながんばってくれたからよ……やったわね！」

ティトがはっと足元に視線を落とす。

「あ……芽が……！」

五人の足元に、小さな緑が顔を出していた。

小さな芽に、ジゼルがそっと触れる。

すると、辺りが青い輝きを帯びた。

剝《む》き出しの岩肌に次々と小さな芽が伸び、五人を中心に緑の絨毯《じゅうたん》が広がっていく。

「わあ、きれいです……！」

死の山とも呼ばれたアウレア山に、草木が芽吹き、花が咲く。

緑に覆われたアウレア山を見渡して、グロリアも目を細めた。

「異星獣が正しく封印されて、その力が浄化されたことで、アウレア山も本来の姿を取り戻したんだね」

「知らなかったわ……これが、アウレア山の本当の姿だったのね……」

感動に立ち尽くすジゼルの横で、ルナが息を吐く。

「しかし……まさかレクシアの【光華の息吹】が、あんな力を秘めていたなんてな」

グロリアも頷《うなず》いた。

「ああ。世界のどこかに、星を守るための特別な力が存在するとは聞いたことがあったけれど……正直、おとぎ話だと思っていたよ」

「そんな凄《すご》い力がレクシアさんに宿っていたなんて……！」

「レクシアさん、とってもかっこよかったです！」

尊敬のまなざしを受けて、レクシアは胸を張った。

「ふふふ、それほどでもあるわっ！　これで少しはユウヤ様に近付けたかしら？」

「まあ、まだ使いこなせてはいないようだがな」

「なによーっ！」

緑に染まった山の頂上に、爽やかな風が吹く。

青い海に浮かぶ小さな南の島で、世界を救った少女たちは、抜けるような空に明るい笑い声を響かせるのだった。

エピローグ

一行が異星獣を倒して世界を救った、その次の日。

レクシアたちはグロリアを見送るために砂浜に来ていた。

「グロリア様、ありがとうございました」

「礼を言うのはこちらの方さ。アウレア山の噴火を止めることができたのは、君たちのおかげだ。本当にありがとう」

グロリアが目を細めながら一人一人を見渡す。

「しかし、レクシアくんに宿っている【光華の息吹】はとてもかけがえのない力だね……そして、君に備わっている勇気や明るさも。今度ぜひ、旅の話を詳しく聞かせておくれ」

「ええ、お話できる日を楽しみにしてます！」

「ルナくんも、よくがんばってくれたね。君の強さには目を瞠《みは》るばかりだ。ティトの良き仲間、良き相棒として、これからもよろしく頼むよ」

「はい、私もまだまだ学ぶことばかりですが……任せてください」

「そして、ジゼルくん。見事に大役を果たしたね。君が心から自然を愛して慈《いつく》しんだからこそ、精霊も君の想《おも》いに応えてくれたんだ。その心を忘れないでほしい」

「はい、本当にありがとうございました……！」

グロリアは笑って頷くと、目を潤ませているティトに視線を向けた。

「それじゃあ、ティト。旅が一段落したら、一度帰っておいでね。みんなも、ティトに会えるのを楽しみにしているよ」

「師匠……」

「ふっ、なんて顔をしているんだい。私の弟子だろう？　ほら、笑って。ティトなら何があっても大丈夫だって、信じてるよ。だからレクシアくんたちと世界を巡る旅、めいっぱい楽しんでおいで」

「はいっ！　どうかお元気で……！」

グロリアはティトの頭を撫《な》でると、ヴィークル・ホークに乗って飛び立った。

グロリアを見送った一行は、その夜、ジゼルの家で一晩中語り合って楽しい夜を過ごしたのだった。

そして、翌朝。

穏やかな波音が響く船着き場。

「ねえ、本当に一緒に行かないの？　ジゼルに見せたい景色がたくさんあるのよ」

名残惜しそうなレクシアに、ジゼルは微笑《ほほえ》んで首を横に振った。

「ありがとう。でもしばらくは島の人たちと一緒に、私に力を貸してくれた自然や精霊たちに、感謝と祈りを捧げたいの――それに、アウレア山にも。それが落ち着いたら、ぜひ一緒に連れて行って」

「分かったわ！　その時は、アルセリア王国も案内するわね！　今度は私が、王都での遊び方を教えるわ！」

「ええ、楽しみにしているわ！」

ジゼルと抱擁を交わすレクシアたちに、見送りに来た島民たちも代わる代わる礼を告げる。

「お嬢さんたち、ジゼルを、この島を、世界を救ってくれてありがとう……！」

「気を付けていくんだよ」

「この果物、持っていって！」

「ありがとう、この果物とってもおいしくて、すっかり大好きになっちゃったわ！」

ジゼルも涙ぐみながら、レクシアたちの手を取った。

「本当にありがとう。みんなのおかげで、この島を――世界を守ることができたわ」

「ううん、ジゼルががんばったからよ！　あの時のジゼル、とってもかっこよかったわ！」

「ああ。それに、ジゼルのおかげで存分にハルワ島を楽しむことができたしな」

「はい！　ハルワ島はきれいで、自然がいっぱいで、とっても素敵な島でした！　ジゼルさんと一緒に遊べて、すごく嬉《うれ》しかったです！」

ジゼルは花が咲くように笑った。

島民がくれたお土産を両手いっぱいに抱えて、迎えの船に乗り込む。

船が帆を上げ、ゆっくりと船着き場を離れた。

「ありがとう！　どうか元気で！」

ジゼルが大きく手を振る。

レクシアたちも、伸び上がって手を振り返した。

「ジゼルに出会えて良かったわ！　また会う日まで、元気でね！」

波間で海竜たちが鳴き、船は青く輝く海を往《ゆ》く。

こうしてレクシアたちは、南の島を後にしたのだった。

＊＊＊

「ふう、やっと着いたわね！」

船が大陸の港町に着いたのは、太陽が中天に掛かった頃だった。

港の一角に人が集まり、ざわざわと騒いでいる。

「おい、知ってるか！　ハルワ島の火山が噴火しかけたらしいぞ……！」

「ああ、俺も黒い煙が上がったのを見たぞ！　あの火山が噴火したら世界が滅ぶんだろ？　それで怯《おび》えながら見ていたら、いつのまにか煙が収まって……」

「あ、あの、噂《うわさ》に聞いたのだけど……なんでも、旅の女の子たちがそれを止めたそうよ」

「ええええええっ⁉　そ、そんなことできるの⁉　どうやって⁉」

「しかもその女の子たち、見たこともないほど可愛《かわい》いとか……」

「ど、どういうことだ……⁉　可憐《かれん》な女の子たちが、噴火を止めて世界を救ったって……⁉」

港の人々が自分たちの噂で持ちきりになっていることなど露知らず、レクシアは船を下りると大きく伸びをした。

「ん～っ！　すっごく楽しかったわ！　ハルワ島、最高だったわねっ！」

「海も砂浜もとっても綺麗《きれい》で、夢みたいでした！」

「あんな景色があるなど、裏の世界で生きていた頃には、想像もつかなかったな。……アーノルド国王とオーウェンにも、ぜひ日頃の疲れを癒やしてほしいものだ」

ルナは心労と胃痛で疲れ果てているであろうアーノルドとオーウェンに想いを馳《は》せた。

荷物を背負い直しながら、ティトが笑う。

「それにしても、本当に世界を救っちゃいましたね！」

「やれやれ。まさか異星から来た獣と戦うことになるとはな。――だが、これで旅の目的は果たせたんじゃないか？」

ルナの言う通り、この旅はレクシアの『世界を救う旅に出るわ！』という言葉から始まった。

それから三人は、図らずも三つの国を救い、ついには本当に世界さえ救ったのだ。

これで旅の命題は果たされたことになる。

「さて、南の島も充分満喫したことだし、約束通りアルセリア王国に帰るぞ。まずはここから西へ向かう街道を辿《たど》って――」

ルナがすっかり安心して、アルセリア王国への道を確認しようとする。

しかし、レクシアはそれを遮った。

「いいえ、まだよ。まだ終わらないわ」

「「……え？」」

首を傾《かし》げるルナとティトに、レクシアは真剣なまなざしを向ける。

「私、この旅で実感したの。この世界には、私たちが知らないだけで、そこかしこに世界を滅ぼすような危機が潜んでいるっていうこと……そしてこうしている今も、誰にも言えずに苦しみ、思い悩んでいる人たちがたくさんいるっていうこと」

「お、お前、まさか……！」

「こ、この流れはもしかして……!?」

ルナとティトが戦《おのの》く中、レクシアは毅然《きぜん》と顔を上げた。

細い指が、どことも知れぬ空をびしっ！　と示す。

「この世界に困っている人がいる限り、私たちの旅は続くのよっ！」

「なっ!?　は、話が違うぞ！」

「これ以上待たせたら、レクシアさんのお父さん、心配のあまり倒れてしまうのでは……⁉」

「大丈夫よ、ここまで来たらあと大陸一周したとしても誤差よ、誤差！」

「誤差というには大きすぎるのでは⁉」

「忘れたのか、お前は王女なんだぞ⁉　これ以上のわがままが許されるわけが――」

するとレクシアは白い頬を上気させて、いたずらっ子のように笑った。

「そうよ、私は王女ですもの！　だからこそ、もっともっと多くの地をこの目で見て、この足で歩いて、たくさんの人たちに出会わなくちゃ！　誇り高く胸を張って、自分で選んだ道を往くために！　と、いうわけで――」

止める暇もなく、レクシアはスカートを翻《ひるがえ》して、軽やかに駆けだした。

「さあ、新たな国に向かうわよ！　いざ、困っている人を探して！」

「レクシア、止まれ！　アルセリア王国に帰るぞ！　レクシアーっ！」

「あわわわ、待ってくださーい！」

のどかな港町に賑《にぎ》やかな声が響く。

平和を取り戻した世界で、三人の少女たちは、どこまでも続く街道へと走り出すのであった。

番外編　愛娘の肖像

所変わって、アルセリア王国の王城。

「アーノルド陛下、失礼いたします。間もなく謁見のお時間で、す……？」

国王アーノルドの執務室に入ったオーウェンは、思わずその場に立ち尽くした。

国王が静かに執務に向き合うはずの部屋に、見上げるほど巨大な画布《キャンバス》が聳《そび》えていたのだ。

その前で、画家が必死の形相で筆を動かし、アーノルドがそれを食い入るように見つめている。

「……陛下、何をなさっているので？」

「見て分からぬか、レクシアの肖像画を描かせているのだ」

アーノルドはさも当然のようにそう言うと、画家の周囲をうろつきながら、厳しい声を飛ばした。

「ううむ、全然ダメだ！　レクシアはもっと可憐《かれん》で清楚《せいそ》で魅力に溢《あふ》れているのだ！」

「……陛下」

「何というか、華やかさが欲しいな……もっとこう、キラキラ～っという感じに描けぬのか？」

「陛下」

「ええい、輝きが足りぬ！　もっと輝かせるのだ！」

「陛下、それ以上は画家の心がへし折れますぞ」

今にも自ら筆を執りそうな勢いのアーノルドを、オーウェンが止める。

画家はすでに涙目であった。

「この画家、確かアルセリア王国でも指折りの画家だな。……そういえばレクシア様も、ユウヤ様の肖像画を何度も描き直させていたようだが……似たもの親子というか……」

オーウェンの呆《あき》れたような視線の先で、アーノルドは悩ましげに頭を抱える。

「うう、レクシア……！　なぜ我はあの時、無理矢理にでもお前を連れて帰らなかったのか……！」

「リアンシ皇国で連れ戻せなかったのが、相当応えているようだな……」

オーウェンは密《ひそ》かにため息を落とした。

少し前、リアンシ皇国を訪れた二人は、思いがけずレクシアとの邂逅《かいこう》を果たしたのだ。

しかしあと一歩のところで連れ帰ることは叶《かな》わず、レクシアは二人の制止を振り切って、再び旅に出てしまったのであった。

あの一件が、アーノルドの親心に火を付けてしまったらしい。

どこか遠い空の下、約束したはずの手紙さえも送ってこない愛娘への恋しさが募りに募り、ついに巨大な肖像画を描かせるという暴挙に出たのであった。

「しかし、レクシア様は想像以上にご健勝そうでしたな。ルナも変わりないようで何よりでした」

「うむ……それについては我も安堵《あんど》した。『爪聖《そうせい》』の弟子という新たな仲間も得ていたのには驚かされたが……」

「はい。そればかりか、リアンシ皇国の皇女の家庭教師として皇位継承争いに挑み、厳しい試練を突破し、のみならず恐るべき【七大罪】すらも打ち倒すとは……」

「それだけではない。ライラ王女を救い、サハル王国を国家滅亡の危機から救ったとは聞き及んでいたが……さらに、ロメール帝国の呪いの吹雪を晴らしたのは初耳であった」

「結果的に、三つの国を救ったことになりますな」

「………………」

「……もうレクシア様の旅を正式に認めた方が、世界の、そして我が国のためになるのでは？」

「それはならん！　い、いや、確かにレクシアたちが打ち立てた数々の偉業、我が娘ながら誇らしく思うがっ……それとこれとは別だ！　我はレクシアのことが、心配で心配でたまらぬのだ。出来ることなら城から、いや、せめてアルセリア王国から出ず、我の目の届くところにいてほしいのだ」

アーノルドは力なく肩を落とす。それだけレクシアに惜しみない愛情を注いできたのだ。

オーウェンは無理もない、と軽く息を吐く。

「まあ、その気持ちは分かります。あれほど明るくて、誰にでも分け隔てなく優しく、民に好かれている姫もおりませんからな」

レクシアはその明るい性格と容姿の可憐さから、王都から遠く離れた都市や町でも広く慕われており、アルセリア王国にとって太陽のような存在であった。

「うむ。それでいて、王族としての気高さや、勇気と行動力を備えている。なにしろ、他国の老獪《ろうかい》な国王とさえも渡り合う外交手腕を持ち合わせておるからな」

レクシアはかつて、各国の君主が集う国王議会で、百戦錬磨の国王たちに気後れすることもなく堂々と発言し、一触即発だったその場を収めたことがあった。

「柔軟さと機転、そして強い心を持つ、何より大切な、自慢の娘だ」

柔らかく目を細めるアーノルドに、オーウェンも頷《うなず》く。

「……私としても、レクシア様に一日も早くアルセリア王国に戻ってほしいという気持ちはありますし、大切に箱に仕舞っておきたいという陛下の想《おも》いも分からないではないですが……こうしてみると改めて、大人しく箱入りに甘んじる器ではなさそうですな」

「む……」

「ルナと『爪聖』の弟子という仲間もおります。そろそろ子離れしてもよいのでは？」

「むむ、むむむ……いや、しかし……うむぅ……」

アーノルドが眉間に皺《しわ》を刻んで懊悩《おうのう》していた時、画家がおそるおそる二人を呼んだ。

「ん。絵が完成したのか」

「ほう、これは……」

完成した絵を見上げて、アーノルドが感嘆の声を漏らす。

どうやらアーノルドとオーウェンの会話が、画家の筆に影響を与えたらしい。鮮やかな色使いで描かれたレクシアは、肖像としては珍しく、スカートを翻《ひるがえ》して今にも駆け出しそうな姿であった。

金色の髪が弾んで、白い頬には鮮やかな朱が差し、大輪の花のように眩《まばゆ》い笑みを浮かべている。

明るく、可憐で、大胆不敵。絵の中から飛び出しそうな生き生きとした姿に、オーウェンもほう、と目を見開く。

「他国の姫の肖像画と比べると異色というか、やや躍動感に溢れすぎている気はしますが……なるほど、レクシア様らしい肖像画ですな」

「うむ、素晴らしい！　これでこそ、我が娘だ」

絵の中で笑うレクシアを、アーノルドは愛《いと》おしげな、そして誇らしげな目でなぞった。

「大義であったな、貴殿には十分な報酬を用意させよう！　ゆっくり休むが良《い》い」

アーノルドに労《ねぎら》われて、画家が心底ほっとした様子で頭を下げつつ退室する。

それを見送ると、アーノルドは嬉々《きき》として宣言した。

「よし、オーウェン。――これを玉座の間に飾るぞ！」

「ちょっと待て！」

オーウェンは思わずツッコんでいた。

「てっきり執務室《ここ》に飾るものだと思っておりましたが⁉」

「うむ、我も最初はそう考えていたのだがな。このような素晴らしい作品、他国の客人にも観《み》てもらわなければもったいないであろう」

「お気持ちは分かりますが、さすがに国王としての威厳に関わるでしょう！　とんだ親馬鹿だと思われますよ⁉」

「だが見よ、この輝きを！　間違いなくアルセリア王国の至宝となるであろう！　これほど優れた芸術を我が独り占めにするなど、国の損失だぞ！」

「だからって何も玉座の間に――ああもう、面倒くさい……！」

「貴様、面倒くさいと言ったか？」

「いいえ？」

オーウェンはシレッととぼけると、改めて目の前の絵を見上げた。

「……というか、この大きさの絵、どうやって運び出すのですか？」

「あ……」

描き始める際には画材を運び込んでから組み立てたのだが、絵が完成した今、巨大すぎて運び出すことができなくなっていた。

「な、なんということだ、我としたことが……！」

「はあ。諦めて、おとなしくここに飾って下さい」

アーノルドは絵を見上げながらわなわなと震えていたが、やがて据わった目で言い放った。

「よし。壁を壊そう」

「この素晴らしい肖像画を何としても玉座に飾るのだ！　すぐに破城槌《はじょうつい》を用意させよ！」

「オオオオオイ⁉」

「お待ち下さい陛下、待っ、思い直せ、やめっ、――この親馬鹿がぁぁぁああ！」

兵に破城槌を持ってこさせようとするアーノルドを押さえながら、オーウェンは思わず叫んだ。

「レクシア様、早く帰ってきてくれ――――！」

――『世界を救う旅に出るわ！』と城を飛び出したレクシアが、遠い南の島でついに本当に世界を救ったことなど露知らず、二人は賑《にぎ》やかな声を響かせる。

今日もアルセリア王国は平和であった。

あとがき

こんにちは、琴平稜《ことひらりょう》です。

おかげさまで、『異世界《いせかい》でチート能力《スキル》を手《て》にした俺《おれ》は、現実世界《げんじつせかい》をも無双《むそう》する』ガールズサイド４巻が発売となりました。

これもいつも応援してくださる皆さまのおかげです、本当にありがとうございます。


今回の舞台は南の島です。自然豊かな南の島を訪れたレクシア王女一行が、精霊術という神秘の力を宿す少女と出会い、海で遊んだり、密林を探検したり、世界を滅ぼす噴火の謎に迫ったりと、大冒険を繰り広げます。楽しんでいただけましたら幸いです。


それでは、謝辞に移らせていただきます。

本作をご監修くださっている美紅《みく》先生。『いせれべ』本編はますます面白さが加速し、さらに新作の『武神伝《ぶしんでん》　生贄《いけにえ》に捧《ささ》げられた俺《おれ》は、神《かみ》に拾《ひろ》われ武《ぶ》を極《きわ》める』も最高に面白く、

「うおおお熱い、面白い、刀真《とうま》くんとリーズちゃんの関係性がたまらない、続きが気になる！」という興奮と「美紅先生はいつ休まれているのだろう……？」という老婆心の間で震えております。お忙しいところ、いつも本当にありがとうございます。

そして編集様。執筆していた際になんとなく感じていた違和感や引っかかり、その他《た》諸々《もろもろ》（大量）を、物凄《ものすご》いスピードと精度で解決してくださり、毎回「すごい……」と打ち合わせ後に放心しております。今回も大変お世話になりました、ありがとうございます。

いつも最高に可愛《かわい》くてカッコいいイラストを描いてくださる桑島《くわしま》先生。キャラクターデザインやラフを拝見する度に、興奮のあまり立ち上がったり座ったり小躍りしたりしております。今回も素晴らしいイラストをありがとうございました。

いつも感想を送ってくれ、誤字脱字等を教えてくれる友人。本当に助かっています。

デザイナーさん、校正さん、印刷所さん、書店さん、編集部の皆さま。

そして、今このあとがきを読んでくださっている皆さま。

温かいお声をいただく度に、改めてたくさんの方に愛される素晴らしい作品に携わらせていただいている幸せを噛《か》みしめております。本当にありがとうございました。

またどこかでお会いできましたら、それに勝る喜びはありません。

琴平稜

お便りはこちらまで

〒一〇二-八一七七
ファンタジア文庫編集部気付
琴平稜（様）宛
美紅（様）宛
桑島黎音（様）宛

富士見ファンタジア文庫

異世界《いせかい》でチート能力《スキル》を手《て》にした俺《おれ》は、
現実世界《げんじつせかい》をも無双《むそう》する　ガールズサイド4
～華麗《かれい》なる乙女《おとめ》たちの冒険《ぼうけん》は世界《せかい》を変《か》えた～

令和6年1月20日　初版発行

著者――琴平《ことひら》　稜《りょう》
原案・監修――美紅《みく》

発行者――山下直久
発　行――株式会社KADOKAWA
〒102-8177
東京都千代田区富士見2-13-3
0570-002-301（ナビダイヤル）
印刷所――株式会社暁印刷
製本所――本間製本株式会社

ISBN978-4-04-075301-0 C0193 ◇◇◇

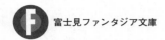

天上優夜《てんじょうゆうや》
異世界で
レベルアップした結果、
最強の身体能力を
手に入れた少年
この少年
すべてが
シリーズ好評発売中！

チートすぎる

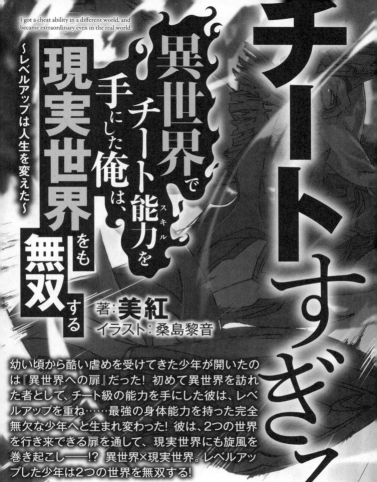

I got a cheat ability in a different world, and became extraordinary even in the real world.

異世界でチート能力《スキル》を手にした俺は、現実世界をも無双する

～レベルアップは人生を変えた～

著：美紅
イラスト：桑島黎音

幼い頃から酷い虐めを受けてきた少年が開いたのは『異世界への扉』だった！ 初めて異世界を訪れた者として、チート級の能力を手にした彼は、レベルアップを重ね……最強の身体能力を持った完全無欠な少年へと生まれ変わった！ 彼は、2つの世界を行き来できる扉を通して、現実世界にも旋風を巻き起こし――!? 異世界×現実世界。レベルアップした少年は2つの世界を無双する！

ファンタジア文庫

切り拓け！キミだけの王道
ファンタジア大賞
原稿募集中！
賞金
《大賞》300万円
《金賞》50万円
《銀賞》30万円
選考委員
細音啓「キミと僕の最後の戦場、あるいは世界が始まる聖戦」
橘公司「デート・ア・ライブ」
羊太郎「ロクでなし魔術講師と禁忌教典《アカシックレコード》」
ファンタジア文庫編集長
前期締切 8月末日
後期締切 2月末日
公式サイトはこちら！